百部红色经典

匹马嘶风录

石评梅 著

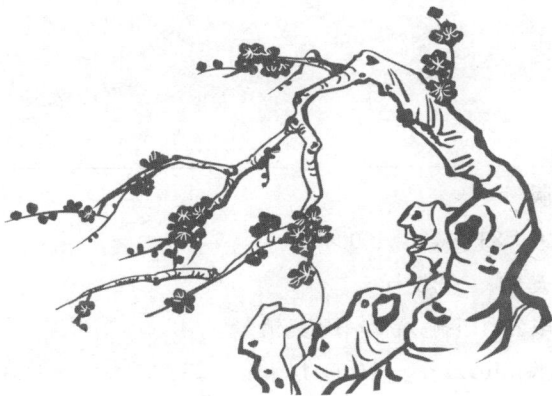

北京联合出版公司
Beijing United Publishing Co.,Ltd.

图书在版编目（CIP）数据

匹马嘶风录 / 石评梅著. — 北京：北京联合出版公司，
2021.3（2021.10重印）
（百部红色经典）
ISBN 978-7-5596-4886-0

Ⅰ.匹… Ⅱ.①石… Ⅲ.①长篇小说—中国—现代
Ⅳ.①I246.5

中国版本图书馆CIP数据核字(2020)第267232号

匹马嘶风录

作　　者：石评梅
出 品 人：赵红仕
责任编辑：高霁月
封面设计：吴黛君

北京联合出版公司出版
（北京市西城区德外大街83号楼9层 100088）
北京新华先锋出版科技有限公司发行
北京雁林吉兆印刷有限公司印刷　新华书店经销
字数174千字　787毫米×1092毫米　1/16　14印张
2021年3月第1版　2021年10月第2次印刷
ISBN 978-7-5596-4886-0
定价：49.00元

出版前言

为庆祝中国共产党成立 100 周年，全面展现中国共产党成立以来中华民族辉煌的发展历程、取得的伟大成就和宝贵经验，集中体现中华民族的文化创造力和生命力，北京联合出版公司策划了"百部红色经典"系列丛书，希望以文学的形式唱响礼赞新中国、奋斗新时代的昂扬旋律。

本套丛书收录了近一百年来，描绘我国人民在中国共产党的领导下艰苦奋斗、开拓创新、改革开放的壮美画卷，充分展现我国社会全方位变革、反映社会现实和人民主体地位、弘扬社会主义核心价值观、讴歌中华民族伟大复兴中国梦的 100 部文学经典力作。

本套丛书汇集了知侠、梁晓声、老舍、李心田、李广田、王愿坚、马烽、赵树理、孙犁、冯志、杨朔、刘白羽、浩然、李劼人、高云览、邱勋、靳以、韩少功、周梅森、石钟山等近百位具有代表性的中国现当代著名作家。入选作品中，有国民革命时期探索革命道路的《革命的信仰》《中国向何处去》，有描写抗日战争的《铁道游击队》《敌后武工队》《风云初记》《苦菜花》，有描绘解放战争历史画卷的《红嫂》《走向胜利》《新儿女英雄续传》，有展现新中国建设历程的《三里湾》《沸腾的群山》《激情燃烧的岁月》，有寻找和重建民族文化自信的《四面八方》，也有改革开放后反映中国社会现状、探索中国道路的《中国制造》，同时还收录了展现革命英雄人物光辉事迹的《刘胡兰传》《焦裕禄》《雷锋日记》等。

本套丛书讲述了丰富多样的中国故事，塑造了一大批深入人心的中国形象，奏响了昂扬奋进的中国旋律。这些经历了时间检验的文学作品，在艺术表现形式、文学叙述方式和创作技巧等方面都具有开拓性和创造性，作品的质量、品位、风格、内涵等方面都具有很高的水准，都是有筋骨、有道德、有温度的优秀作品，很多作家的作品都曾荣获"五个一工程奖""茅盾文学奖""鲁迅文学奖""国家图书奖"等奖项。

为将该套丛书打造成为集思想性、艺术性、时代性为一体，展现新时代文学艺术发展新风貌的精品图书，北京联合出版公司成立了由出版界、文学艺术界的资深专家和学者组成的编辑委员会。他们从文学作品的历史价值、文学价值、学术价值、现实意义等维度对作品进行了深入细致的研读和筛选，吸收并借鉴了广大读者的意见与建议，对入选作品进行深入细致的分析与综合评定，努力将"百部红色经典"系列丛书打造成为政治性、思想性和艺术性和谐统一的优秀读物，向伟大的中国共产党成立100周年这一光荣的日子献礼！

代序一　荷舞轻风话评梅

李健吾

我自己不敢说是代表毕业生来致辞，只是说说我个人对于石先生的印象，并稍谈谈石先生的作品，作一些批评。

我是石先生的同乡，在我入中学一二年级的时候，才认识了石先生。曾记得我第一次认识石先生，有一件可笑的错认：在六七年前的一夜——一个同乡会演剧的晚上，我去（扮）一个角色，那天石先生也在场；由友人介绍认识了石先生，也就谈起来。但是她忽然说："你所说的是石评梅先生吧？"当时我就很奇怪，怎么，她原来不是石先生吗！"你认错了，我是石先生的同学……你看那边柱下站着的才是石先生呢！"原来她是张女士，不是石先生。当时她也不怪我，或者说我浅薄，因为我年纪很小。从此认识了石先生，但也只遇见行礼而已。我家全认识石先生：我的嫂子告诉我，石先生是她的同学，我去问石先生："有个丁女士是你的同学吗？"她说："是的。"家人又告我说："石先生名叫汝璧。"我渐渐对于石先生的家世，更知道一点。家人虽然都认识先生，但是很少见面，只有我在学校见着时点头一笑。毕业以后，我很喜欢看些现代的作品。石先生的文章，也是我常看到的，我可以说从作品中才真认识了石先生。

关于石先生的印象与作品的批评：

石先生是女子，但是她的精神是男性的，只有心是妇女的。她是孤独者，这几年石先生可以说没有知心的朋友。在这冷酷无趣的社会中，感情丰富的青年们，都感觉着"孤独"、"苦闷"，尤其是多情的女子，怎不伤感？她们只有用笔在自己的作品中发泄。记得今年华北运动会第二日的夜里，在清华，黑夜中，石先生同几个学生坐在石阶上，我也同着坐在石先生脚下的石阶；那时天漆黑的，只有一点暗淡的月光照着石阶，极幽静岑寂——这时候最能发现自己，白天的热闹场中早把你自己忘掉了。石先生在那里讲许多这几年在北平忍受的痛苦，她说现在比从前乐观了！她很安慰自己，在这几年里居然没有像别的女子那样堕落下去。——这种例子太多，毋庸列举了。石先生来北平的时候，是十九岁的女孩子——乡下天真烂漫的女孩子，她到现在仍然是个女孩子，只是经验学识增多罢了。林先生说石先生有一次在一封信上说她已经死了。我们最好说是"里死外活的"，虽然仍是生存在社会上，但是又有什么意味呢？本来英雄只有两条路：一是死亡，自己牺牲；二是胜利，社会屈服。但是社会哪里容易屈服呢？石先生说有一次读《爱的教育》那本书，读完就哭了，觉悟了，知道社会中还有许多亲爱的伴侣，应当同去努力！哭是好现象，最怕抑在胸中的幽闷；石先生哭出来了，将来必定能够成功，不会牺牲自己的。哪知道先生竟一发而不可收拾地死去！

石先生的作品，我们是常看的；不过作品中太 Sentimental ——太伤感，Sentimental 的东西不是真正好作品，凡是大作家都尽量地不要这种成分。但是石先生的作品 Sentimental 的成分太多。现在二十几岁的青年都是如此的，好像不 Sentimental 就不是青年，虽然这话有些刻薄。近年石先生的作品与往年大不相同了：我印象很深的是《红鬃马》那篇，当时大家都曾注意到里面的思想、情调都不是往年的了，另外走到 Unti-Sentimental 一方面去。这使我们如何的欣悦！现在的作家，男子好的很少，女子更少，石先生的成功，真出我们意料之外。我想若是继续努力，两三年之内必有成就，要是天假以寿，使她能够成功，岂不是我们同乡的光荣，岂不是女学界的光荣，推广起来，又岂不是北平、全中国的光荣吗？

我在石先生去世的前两天，听说石先生病了，在协和医院住着，不许人进去看；我当时十分惊讶，着急，但是也不能去看。不幸两日后就死了！在同乡上、师生上，伤感自是不必说的；只有在文学上，这样思想、情感都培养好了的，好像将要开的花，但是萎谢了，这是多么伤心的事！

代序二　寒塘鹤影忆评梅

庐　隐

唉！这是怎样悲惨而深刻的一个伤痕呵！评梅！月色是寒凉如冰，宇宙是深沉静默；你就在那时候悄悄地走了。我记得那夜，我刚睡下，就接到你舅父的电话，说是你病情危急。唉！我的心颤抖了，我的神经紊乱了，直等到森弟叫了汽车来，催我快走，我仿佛噩梦初醒。唉！评梅，我真不信你去得这样决绝，人间诚然是苦海，不过你这二十余年，寄息于其中，难道真没有一点依恋吗！但是天心不可测，我知道你的去，也是一半欢喜一半悲愁呢，是不是？

汽车转瞬到了医院门口，一片寒光，照在那庄严而冷森的大楼上，我感到凄凉了。一直含着泪走到你的病室，远远地已看见看护们手忙脚乱的样子，我吓极了，心想难道已经完了吗？我深夜赶来，终不能见你最后的一瞬吗？唉！天呵！这时我流着泪忙忙进了那个小门，看护正在给你擦痰，我知道你还在人间；这时我暗暗地祷祝上帝，我求他施出惊人的神通，将你游丝般的生命挽回。那时你喉头的痰不住地作响，你的气息十分急促，脸色惨白极了，好像枯蜡，眼神也散了。看护将你手拿出来按了按脉，也叹息了，摇头了，她低声告诉我："脉没有了！"唉！评梅！上帝是无灵的，命运是不可换回的。我忍着惨痛看着你咽了那最后的一口气。唉！太可怜了！你将头往枕上一放，二十余年的生命便这样收束了，那时我还怔怔站在你的面前，我辨不出是梦是真；我看着你惨白的面靥，低垂的睫毛和散乱的黑发，这一切不久都要化为灰尘，但是我愿它们都深深印入我的脑膜，但是医生不容我多看，他叹着气，将白色的被单遮住你的脸。唉！评梅！天从人间夺去了你，医生又从我眼睛里夺去了你，可怜我感到世界的空虚了。我禁不住放声痛哭，你的舅父、森弟也都向着你的尸骸痛哭，但是哭有什么用呢？天是永远不为这悲哀的哭声而动心的呵！一切都只是冷酷尊严地对着我们。后来看护来劝我出去歇歇，并且她还劝我说："你不要太为她悲苦，她得了这病，纵使好了，也要残废的。……这样一想她不是死还快活吗？"不错！她的话很有道理，并且我相信你自己也一定感到，死比生乐。如果灵魂是不灭的话，你在另一个世界，遇到你的宇哥，也许这时正在高唱凯歌呢。但是评梅你丢下凄苦的清妹隐姊，她们太可怜了！还有你白发婆娑的两老，他们更需要你，你竟忍心放下走了，从此以后，他们接不到你的信；你的慈母到了暑假，也看不见你回去，你想到她老人家含着泪，替你预备床褥时的情景，你真能不动心吗？唉！评梅你纵使看轻这些，不值留恋的恋情，但是你所希望的事业你也决然不顾吗？唉！评梅，这一些疑问，你能答复我吗？而今是人天路隔了，若要相逢，除非梦里，希望你给我一个极清楚的梦吧！可怜我只敢有这一点希望呵！

你死去的消息，传遍以后，没有一个认识你的人，不为你恸哭，最可怜的，是你教的那群天真的小女孩们；她们叫着"先生"不住地痛哭。她们纯洁天真的小心，感到悲哀了。你装殓的时候，她们流着泪替你穿衣服，评梅！这一点应当骄傲了！这一些纯洁的天使，用她们极热烈的真诚之泪，来洗涤你在世的伤痕和劳绩，你大约可以安慰了吧！

　　现在我再告诉你白屋的情形。我记得从前每次来学校上课，当我开白屋门看不见你时，我心里就不知不觉的怅惘，有时并后悔，我今天来得太早。坐在这白屋里，又凄凉、又寂寞，由不得想起五六年前，白屋里的种种：那时候我们的交情，还是很普泛的，见面时除非谈些没要紧的话，其余的时候，便互相缄默着；那时我对于你的生平不很了解，我为了自己颠沛的命运，常艳羡你的幸福。不过有的时候，你一种难言的苦情的表露，很使我惊奇过，但我以为是我自己的误解；所以一直不敢向你动问，并且连我自己，那时纠纷难解决的恋爱问题，也不敢向你进露一字半句。因此我们只有相视无言，后来我决定走了，决定去作绝大的牺牲了，你才含着凄苦的微笑对我说："隐姊，我佩服你，你是英雄，你胜利了！我真不如你！"当时我听了这话，心里一惊，莫非你也处在我这种进退皆难的环境吗？我想问你个究竟，又怕你不愿对我说，我只得不说什么，离开了白屋，第二天我也就离开了北京！你那时还到车站去送我，我看见你含着眼泪……唉！评梅，就在这一刹那间，我们的灵魂沟通了，在这广漠冷淡的人间，能够无意之中，得到一个知己，也算是幸福了。但是昔日所认为的幸福，就是今日的苦痛，如果我们始终只是普泛的认识，你今日的绝然而去，我也不过说一声"可惜"完毕。现在呢，你的死竟刻上一道极深刻的伤痕，在我创痛的心上。唉！评梅，你的隐姊真太可怜了，你知道我这几年来，所受的苦痛，是接二连三地不断呵！在你病的时候，正是我哥哥丢下我年轻的嫂嫂和幼小的侄子们死去的时候。你想我那时的惨痛，向谁去诉说？还不是咽着眼泪，到学校去上课吗？有时候极想放声痛哭，但是怕别人忌讳讨厌，只得努力地忍下去，到夜深时，悄悄地在枕上流泪。唉！评梅！你从前总觉得你是孤苦的，但是你还有爱你的父母，还有许多了解你爱重你的朋友。说到你可怜的隐姊，那就太悲惨了！在这世界上，只有一个稚小的萱是她的亲人，父母呢，早已抛下她去了！现在爱她的哥哥，了解她的朋友，也都抛下她去了。唉！叫她怎忍回头过去，细想将来！唉！评梅，你从前曾允许为我料理后事，整理遗稿，立碑作传，现在你竟去了，这一切你所应许我的，反倒叫我替你办，天呵！这是怎么个安排呵？——唉！评梅，我每天来到不堪回首的白屋时，我便不禁泣然了，我坐在那长方桌的旁边，我总感觉到你是在我的对面。但是抬头细看，哪里有你的影子呢？有的只是那脑海中的幻影呵！有时我听见门外有高底鞋走路的声音，我总以为是你来了，然而每次我都是因失望而悲哀。有时我照着你常照的那面小镜子，我总觉你站在我的身后呢，于是我急转过身来寻觅。唉！斗室凄清，又哪里有你的影子呵？唉！评梅！这仅仅是一所小小的白屋，但是它装了我们俩悲哀和欢笑，在这小白屋中，你看见过我胜利的微笑；在这小白屋中，你看见过我悄流悼亡的泪。唉！仅仅四五年间，我们尝尽人间的酸甜苦辣的滋味。这一次我千里归来，本想和你相依以终，在这悲苦的运命中，互相鼓励、互相安慰，天公虽然苛残，我们也就感谢它，对于我们的意外厚遇了！谁知道，这一点小小的希望，最后也只是一场幻梦！唉！评梅！我这样不幸的人，还配更说什么！

本来像我们这样凄苦的生命，早点收束了也吧！不过你呢，曾经为了白发高堂，强饭自爱。我似乎一无所恋了，但是现在我又为了萱努力地挣扎，我几次想到死，但我一想到我死后萱的孤苦可怜，我的心便又软了；我不愿意死了，我要挣扎着，受尽人间的凌虐，看她长大成人……唉！这岂是容易忍受的磨难。不过天知道！我为萱我愿意咬着牙忍受下去。

唉！评梅，我的哀苦也不愿再向你深说了，现在我再报你一个惨痛的消息，昨天我接到清妹一封快信，她为了你的死，哀痛将要发狂。她说"梅姊的死至少带去我半个生命"！并且她还要从南方来哭你、埋葬你。我得到这个消息之后，我一直担着惊恐，清妹这些年来的命运太凄苦，天现在更夺去她的梅姊，她小的双肩，怎样担得起这巨重的哀愁！……唉！评梅，这几年来，天为什么特别和我们这几个可怜的女孩过不去呢！使我们尝尽苦恼，使我们受尽揶揄；最难堪的，要算负着创伤的心，还得在人前强为欢笑，在冷酷的人们面前装英雄。眼泪倒流，只有自己知道，唉！评梅你算是解脱了！但是我们呢，从前虽然悲苦，还有你知道，眼泪有时还可以向你流；你虽然也只是陪着我们流泪，可是已足够安慰我们了。现在呢？唉！完了，完了，一切都完了！评梅，我真恨世界，设如有轮回的话，我愿生生世世不再做人！评梅！我诚然"只有梅花知此恨"，然而梅花已经仙去，你叫我向谁说？

你埋葬的地方，我们知道你一定愿在陶然亭，我们也愿意你在陶然亭，因为那个地方正配你埋魂，并且又有宇哥伴你，你也不寂寞。不过现在我们还不敢把你死的消息，告诉你白发双亲，暂且我们也不敢就决定把你埋葬在那里，但是评梅你放心！我们总当设法使你如愿！

你的稿件，我当和清妹与你整理，作序、付印，将来的版税，自然要交给你的慈母。你的遗物——书，都放在学校的图书馆，留个永久的纪念，其他的东西，都交给你的舅父带回。

唉！评梅你的一切身后事，我们是这样料理的，你满意吗？望梦中告诉我们！

这几天秋风凄厉，万象萧森，也正如你可怜的朋友们的心情。评梅！你知道吗？

今天是死后的三七，我含着眼泪，写这一篇祭献之词，敬献你在天之灵。唉！评梅……"万劫千生再见难，小影心头葬……"天实为之，我复何言！完了！完了！除非地球毁灭，此恨宁有已时！

目录

辑

一

只有梅花知此恨

　　这是夜里十点多钟，潜虬坐在罩了碧罗的电灯下，抄录他部里的公文。沙发旁边放着一个白漆花架，紫玉的盆里正开着雪似的梅花。对面墙上挂一幅二尺多长的金漆钻花玻璃镜框，里面的画片是一个穿着淡绿衫子的女郎，跪在大理石冢前，低了头双手抱着塑在墓前的一个小爱神；后面是深邃的森林，天空里镶着半弯秋月，几点疏星。

　　潜虬似乎有点儿疲倦，写不了几个字，他就抬起头来，看看这幅画片；有时回头向铜床上望盖着绣花紫绸棉被的、已经入梦的夫人。

　　今夜不知为了什么，飘浮在他脑海上的都是那些纤细的银浪，是曾经淹没过他整个心魂的银浪。他无意识地站起来，伸了伸懒腰，遂慢慢踱到那盆梅花跟前，低了头轻轻吻着：一直到清香咽入温暖的心房时，沉醉地倒在沙发上，那时皎洁辉煌的灯光，照着他泛着红霞的面靥！

　　这时候忽然客厅的电话铃响，他迷惘中睁开眼惊讶地向四周望了望：停了一息，差人进来说："周宅请老爷说话。"他想了想说："问清楚是找我吗？"差人低低地说："是的，老爷。"他慢慢踱进那间庄严富丽的客厅，电灯上黄白流苏的光彩，照着他惺忪睡眼；脑海里像白雁似的思潮，一个个由茫远处急掠地飞过！沉思了半晌，才想起他是来接电话的，遂坐在电话旁边的一个玫瑰绒躺椅上：

"喂！你哪儿？找谁？"

"你是谁？呵！你是潜虬吗？……你是八年前北京大学的潜虬吗？"

"是的，我是潜虬……声音很熟。呵！你莫非薏妹吗？"

"潜虬，我是薏蕙，我是你西子湖畔的薏妹。你近来好吗？你一直没有离开北京吗？咳！潜虬，八年我们没有通消息了，但是你能想到吗？我们在公园的荷花池前曾逢到一次，崇效寺枯萎了的牡丹前，你曾由我身边过去。"

"薏妹，真做梦都想不到你今夜会打电话给我，你怎么知道我的号数呢？"

"今天下午我到一个朋友家赴宴，无意中我看见一本你们部里的人名录，翻出你的名字，我才知道你原来也在北京，后来我便知道你的住址和电话号头。"

"薏妹，想不到今夜我们还有个接谈的机会，咳！我毕业以后，一直就留在北京；后来因为家乡被海寇扰乱的缘故，民国十二年的八月，我回南方把家搬出来。你大概不知道我是死是活？更不知道我是近在咫尺，还是远在天涯？但是我在这八年里，我什么都知道你，你是民国十年由天津来到这里，又由西城搬到东城，现在你不是就住在我们这个胡同的北口吗？去年腊月底，有一天我去衙门，过你们门口时，确巧逢见你牵了你那六岁的女孩上汽车，那时你穿着一身素服，面色很憔悴；我几乎要喊你。你自然哪能想到风沙扑面、扰扰人海的北京市上，曾逢到你八年前的潜虬呢？我此后不愿再过你门口；因此我去部里时，总绕着路走。蕙妹！蕙妹！！你怎么不理我呢？怎么啦！现在你还难受吗？咳！我所以不愿意和你通消息的缘故，就是怕你苦痛！"

"潜虬，你怎知道我怎样消磨这八年呢？我是一点泪一滴血地挨延着：从前我是为了母亲，现在呢我又忍不下抛弃了小孩们。我告诉你，我母亲在去年腊月底已经死了，你逢见我的那一天，我正是去法源寺上祭。我从来不愿意埋怨父母，我只悲伤自己的命运，虽然牺牲对得住父母，但是他们现在都扔下我走了，世界孤零零的只留着我。"

"蕙妹！何尝是孤零零的只留着你，你岂不知世界上还有我是在陪着你吗？八年前的黄浦江上，我并不是没有勇气，收藏起我的血泪沉在那珀石澄澄的江心；那时我毫无牵系，所以不那样做的缘故，当然纯粹是为了你！为了成全你的孝心，我才牺牲了一生幸福；为了使你不念到我的苦痛，我在这世界上才死里求生，这正是为了在这孤零零的世界上陪你。我常想哪怕我们中间有高山，有长流；但是我相信天边明月，一半是你的心，一半是我的心！现在你不要难受，上帝怎样安排，我们就怎样承受；你的责任，便是爱你的丈夫，爱你的儿女，我的责任，也是爱我的妻子。生命是很快的，转瞬就是地球上我们的末日，光华的火焰终于要灭熄的！"

"我现在很好，很安于我的环境，早已是麻木的人了，还有什么痛苦，不过我常想毁灭我们的过去，但是哪能办到呢？我愿意我永久这样，到我离开世界的那一天。你近来部里事情忙吗？你很久没有在报上做文章了。"

"我本想毕业后就回乡村去，这污浊纷纭的政治舞台我真不愿意滥竽唱随，但是我总不愿意离开北京。部里事忙得很，工作烦多是减少繁思的妙法，所以我这八年的生活，大都消磨在这个'忙'字上。"

"喂！潜虬！子和已在上星期去了上海了，假如这时期，你愿意见到我时，我可以见你……"

"你应该满意现在的隔离，侯门似海，萧郎路人，这是我们的命运；我们是地球上最后的胜利者，我们是爱神特别祝福的人（我现在不能见你，我没有理由、勇气去见你）。你应该知道社会礼教造成的爱，是一般人承认的爱，它的势力压伏着我们心灵上燃烧的真爱。为了这个，薏妹，我不愿见你，并且以后你连电话都不要打。这是痛苦，已经沉寂了的湖，你让它永久死静好了。薏妹！你怎么了？薏妹！你不要难受！呵！你怎么不理我呢？喂！喂！"

沉寂了，一切像秋野荒冢一样的沉寂，潜虬晕倒在那个玫瑰绒的躺椅上，旁边也一样放着一盆桃色的红梅，一阵阵冷香扑到他惨白的脸上。

被践踏的嫩芽

梦白毕业后便来到这城里的中学校当国文教员，兼着女生的管理。虽然一样是学校生活，但和从前的那种天真活泼的学生时代不同了。她宛如一块岩石在狂涛怒浪中间，任其冲激剥蚀，日子长久了，洁莹如玉的岩石上遂留下不少的创洞和驳痕。黑影掩映在她的生命树上，风风雨雨频来欺凌她惊颤的心，任人间一切的崎岖、陷阱、罗网，都安排在她的眼前，她依然终日来来往往于人海车轨之中，勤苦服务她这神圣的职业。

她是想借着这车马的纷驰、人声的嘈杂，忘掉她过去的噩梦和一切由桃色变成黑影的希望。

不知道梦白身世的人，都羡慕她闲散优雅的兴趣，和蔼温柔的心情，所以她在这学校内很得她们一群小天使的爱敬。她自己，劫后残灰，天涯飘萍，也将这余情专诚地致献于她们，殡埋了一切，在她们洁白的小心里。

有一天梦白正在办公处整理她的讲义，一阵阵凉风由窗纱吹进来，令她烦热的心境感到清爽舒畅。这时候已经日暮黄昏，回廊上走过一队一队夹书归去的白衣女郎，有时她偶然抬头和她们相触的目光嫣然微笑！

钟声息了，只剩下这寂寞的空庭和沉沉睡去的花草，梦白为了这清静的环境沉思着！散乱的讲义依然堆集在桌上。这时忽然有轻轻叩门的声音，门开了走进一个颀长淡雅的女郎，丰容盛鬒，眉目如画，那种高洁超俗的风度，令人又敬又爱。梦白认识她是这校中的高才生郑海妮。

海妮走到梦白的桌子前，她嗫嚅着说："先生！我有点事来烦扰您。"说着把书包打开拿出一束信来，这一束信真漂亮，颜色是淡青、淡黄、淡紫、淡红，还有的是素笺角上印着凸起的小花。梦白笑了！她说："呵！这一段公案又来了。"

海妮脸上轻泛起那微醉的酡红，薄怒娇嗔地告诉梦白这束信的来历和那厌烦的扰人。为了免除家庭的责难，同学的嘲笑，她希望梦白向学校提出，给他一种惩罚，不要再这样来扰人讨厌。梦白翻着这一束信静听她絮烦的妙语，她心着实有点醉了！

"海妮！把这信留在这里我看看，你先回去，明天应该怎么办，我再和你商量。"

"谢谢先生！"海妮微微弯着腰，姗姗地走出去了。

晚餐后，梦白在灯下坐着看学生的试卷，她忽然想起海妮给她一束信，她遂把试卷放在一边，她把那束信抽出来看：

海妮：

假如上帝安排下他的儿女是应该相爱的，那我就求你接到这信时你不必惊讶！我仅仅是个中学生，既不是名画家，更不是大诗人，我不能把我崇敬爱慕的女郎，用我的拙腕秃毫来描写于万一；我不需要赞美，我只求心灵有一块干净地方来供奉她，人间采一朵幽淡如兰的鲜花来祭献她，再用我的血泪灌溉这朵花永远是盛开着，令她色香不谢。

昨天我独自在图书馆看书，正是心神凝注时，门帘动了，你姗姗地由我身边走过去。借完书，你又姗姗地惊鸿一瞥似的走出去。就是这样一来一去，把我平静的心波鼓荡得狂涛怒浪，山立千仞。我不能在这里枯坐，遂挟了书走到操场的树荫下。我想在那嘈杂人声中，来往人影里，消失了我心头的倩影。谁知道你偏又和你的同伴来到操场上散步。我明知道是我自己的心情恍惚，但是我那时真恨你，并且恨那和你同行的女伴。

我自己也莫名其妙，在学校已经三年半了，女性的同学我见过数百人，在万花群艳中未曾令我神夺志移，但是你来了之后我就觉得两样了，几次自己想驱逐这幻影的来临，但是终于无效。海妮！这些诉告在你自然是值得卑视讪笑的，我本不愿把这些难邀一笑的言语来扰你清听，但是我的心在悄悄地督催我，我也觉真心的祭献是不至于令神嗔怪的！

林翰生

梦白看完后，觉得这信写得很真诚别致，还不怎样令人不能往下看，海妮的情书自然也该超出于旁人吧！她想着不禁笑了，接着叹气抽看第二封：

海妮：

我早知道你是不理我的，也知道你对于这渴慕你的人们，环绕于你足下的人们是一样的予以冷笑！我不能把我自己怎样超拔于群侪，令你垂青，我只是一个中学生，我毫无特别的才能建设值得你敬慕。

我现在是求学时代，不幸便无意中受了爱神的戏弄，令我由光明的前途沉溺于黑暗的陷阱。我哪敢怨你，我自然是痛恨诅咒那嘲弄人的命运，我好似驰骋山野的骏马，忽然自愿把鞍辔加上，任人鞭骑，这是令我日夜痛心怆然下泪的遭逢呵！海妮！不论怎样，我永远珍藏这颗心至永久吧！我不敢说是爱你。

我应该告诉你我的身世，我是孤儿，父母都在十年前相继弃我而去，族叔抚养我到如今，我从未曾奢望过人间的幸福，只求能有点树立时，不辜负叔父一场教养。在我这十八年凄空清寂的生活里，微微有点余温使我生命之火星光彩闪烁的就是你了；你的学问品格处处都令我敬慕，我才不自主地把这颗幼小被伤的嫩芽，重献到你的足下来求践踏。

你是名门闺秀，富室千金，天赋给你的是人间的欢乐和幸福。我也明白，到什么时候我和你也是两个世界的人，侯门似海，我终于是徘徊在朱门外的流浪者。我本不必把我的衷曲向你弹述，希望求你的怜恤，你是不能表同情于我的，但是海妮，我能够珍藏你于方寸灵台之中，我就不再奢求什么了。

林翰生

梦白连读了几封信后，她的神色异常颓丧，她觉这信里所说的话，好像十年前也有人这样向她说过一样。前尘梦影又涌现到她的回忆边缘上来，令她默默地向着灯光沉思，她不知怎样来处理这一段公案。

翌晨，梦白同海妮商量，海妮的意思还要令梦白提出校务会议，因为不给他惩罚时，怕他还要再写信来，频频相扰。她是想借此申明表白给她的家庭、同学看一看的。梦白原想探一探海妮的口吻，如果她能通融和缓时，她是不愿意声明这件事的，因为这事的结果，在她素有经验的心中已都安排好了；林翰生又是品学皆优的高才生，她怕他受不住这无情的风波！但是海妮这样坚决她也无计再能调剂。这严重的空气，遂允许了海妮的要求，在当天下午把这件事情提出校务会议。

会议室里一张长桌上，铺着雪白的桌布，放着瓶花，四周都坐满了穿长衫西装的人们——这都是校中的重要职员。门开了，梦白手里拿着那一束鲜艳的信笺进来，他们都很注意地问道："这是什么？"开会时，梦白先把这一束信的公案报告了一遍，主席一面读着信一面征求各位的意见。有的主张重办，有的主张从宽，众见纷纭，莫衷一是。主席后来把两种意见折中办理，议决给林翰生一个行为不检的特别惩戒，由本级级任面加训迪。这是姑念他平常品学皆优，所以这次才不出牌示给他包留情面。林翰生做梦也不知道，他写给海妮的情书遭了这般厄运，在这庄严堂皇的会议席上，互相传观。

三天后的早晨正是狂风暴雨时候，海妮神色仓忙，面容灰白，又来到梦白的办公处，她站在梦白面前嘤嘤啜泣！梦白不知她受了何人的委屈，再三问她，她由衣袋中拿出一封信来递在梦白手中，拆开来写的是：

海妮：

我不怨你对我这样绝情。就是这一点行为不检的惩戒，我也不介意；不过我三年多在学校里师长同学面前，我未曾失意过，这次事情发生后，似乎一切人们都觉着我是个轻薄可鄙的少年，将不齿于友侪，这是令我最痛心的。

到如今我在情感上并不忏悔我过去是错误，我用天真忠诚的心血，滴沥着写给你的信，就是枪眼对着心口，钢刀放在颈上，我也不懊悔那是罪恶的表现，不道德的行为。他们那些假道学的人们，根本不能来讪笑我，虽然我自始至终，对于这件事我不愿有所表白。海妮！为了你的绝情，陷我于这黑暗的深渊，不能振作。但是我已另外发现了路途了。我已和叔父商议好，明日便束装回里，我不愿再在这学校逗留，这里对我无一点留意。海妮！就是你，我也不再向你说什么了，我为了你的清静，我从此不再写信，也不再在这里停留，愿我们从此永远隔绝好了。

　　本可以不必写信给你，不过我想告诉你我此后的消息，你也该放心了。海妮！我自然爱你一如往日，此后不论漂泊到天涯地角，我也遥远地替你祝福，也希望你慧心里不要忘了这被你践踏的嫩芽。海妮！海妮！从此你的倩影日离我远了，也许是日距我近了。假如你是有情人，愿你将来心幕上不要留今日的残痕。至于宇宙对我的命运和安排，我也不怨恨冷酷，因为我能在极短的时期中认识你，而且又与你以微小可记的印象，我已曾满足了。夜深了，我按着惨痛的心灵，向你告别，向我认识你的学校告别！

林翰生

　　梦白看见这封信，她并不惊奇，不过她心头感到万分的凄酸！抬头见海妮还在低低地泣！纯是个不懂事的儿女态度，她本想说她几句，后来因她已经心碎便忍住了。

　　一阵风吹开了窗帷，梦白忽然见阶前的一株不知名的紫花，被风雨欺凌得落红满地。这时雨直如注，狂风卷着雨丝把纸窗都湿了，梦白低低地向海妮说了声："也许这时候他已经走了。"

弃 妇

一个清晨，我刚梳头的时候，琨妹跑进来递给我一封信，她喘气着说：

"瑜姐，你的信！"

我抬头看她时，她跑到我背后藏着去了，我转过身不再看她，原来她打扮得非常漂亮：穿着一件水绿绸衫，短发披在肩上，一个红绫结在头顶飞舞着，一双黑眼睛藏在黑眉毛底下——像一池深苍的湖水那样明澈。

"呵！这样美，你要上哪里去，收拾得这样漂亮？"我手里握着头发问她。

"母亲要去舅妈家，我要她带我去玩。上次表哥给我说的那个水莲公主的故事还未完呢，我想着让他说完，再讲几个给我听。瑜姐，你看吧，回来时带海棠果给你吃，拿一大篮子回来。"说到这里她小臂环着形容那个大篮子。

"我不信，母亲昨天并莫说要去舅妈家，怎么会忽然去呢？"我惊疑地问她。

"真的，真的，你不信去问母亲去，谁爱骗你。母亲说，昨夜接着电报，姥姥让母亲快去呢。"她说着转身跑了，我从窗纱里一直望着她的后影过了竹篱。

我默想着，一定舅妈家有事，不然不会这样急促地打电报叫母亲去。什么事呢？外祖母病了吗？舅父回来了吗？许多问题环绕着我的脑海。

梳好头，由桌上拿起那封信来，是由外埠寄来的，贴着三分邮票，因为用钢笔写的，我不能分别出是谁寄来的。拆开看里面是：

瑜妹：

　　我听说你已由北京回来，早想着去姑母家看望你，都因我自己的事纠缠着不得空，然而假使你知道我所处环境时，或许可以原谅我！

　　你接到这信时，我已离开故乡了，这一次离开，或者永远没有回来的机会。我对这样家庭，本没有什么留恋，所不放心的便是茹苦含辛、三十年在我家当奴隶的母亲。

　　我是踢开牢狱逃逸了的囚犯，母亲呢，终身被铁链系着，不能脱身。她纵然爱我，而恶环境造成的恶果，人们都归咎到我的身上；当我和这些恶势力宣战后，母亲为她不孝的儿子流了不少的泪，同时也受了人们不少的笑骂！

　　我更决心，觉着母亲今日所受的痛苦，便是她将来所受的痛苦；我无力拯救母亲现实的痛苦，我确有力解除她将来的痛苦，因之我才万里外归来，想着解放她同时也解放我，拯救自己同时也拯救她。

　　如今我失败了，我一切的梦想都粉碎了！我将永远得不到幸福，我将永远得不到愉快，我将永远做个过渡时代的牺牲者，我命运定了之后，我还踌躇什么呢？我只有走向那不知到何处是归宿的地方去。

我从前确有一个梦想，这个梦想像一个毒蟒缠绕着我，已经有六年了。我孕育了六年的梦想，都未曾在任何人面前泄露，我只隐藏着，像隐藏一件珍贵的东西一样的，我常愿这宝物永远埋葬着，一直到黄土掩覆了我时，这宝物也不要遗失，也不要显露。这梦想，我不希望它实现，我只希望它永久作我的梦想。我愿将我的灵魂整个献给它，我愿将我的心血永远为它滴，然而，我不愿它知道我是谁。

我园里有一株蔷薇，深夜里我用我的血、我的泪去灌溉它，培植它，它含苞发蕾以至于开花，人们都归功于园丁，有谁知是我的痴心呢！然而我不愿人知，同时也不愿蔷薇知。深夜，人们都在安息，花儿呢也正在睡眠，因之我便成了梦想中的园丁。

我已清楚地认识了自己的命运，我也很安于自己命运而不觉苦痛，但是，这时确有一个人为了我，为了她自己，受着极沉长的痛苦，是谁呢？便是我名义上的妻。

我的家庭你深知。母亲都是整天被人压制驱使着做奴隶，卅年到我家，未敢抬起头来说句高声话。祖母脾气又那样暴烈，一有差错，跪在祖宗像前一天不准起来。母亲这样，我的妻更比不上母亲了，她所受的苦痛，更不堪令人怀想她。可怜她性情迟钝，忠厚过人；在别人家她可做一个好媳妇，在我家里，她便成了一个仅能转动的活尸。

我早想着解放了她，让她逃出这个毒恶凌人的囚狱，无论到什么地方去，都比我的家自由幸福多了。我呢，也可随身漂泊，永无牵挂，努力社会事业，以毁灭这万恶的家庭为志愿；不然将我这残余生命浮荡在深涧高山之上，和飞鸟游云同样极止无定地飘浮着。

决志后，我才归来同家庭提出和我的妻子正式离婚，哪知道他们不明白我是为——她，反而责备我不应半途弃她；更捉风捕影地，猜疑我别有怀抱。他们说我妻十年在家，并未曾犯七出例条，他们不能向她家提出。更加父亲和她祖父是师生关系，更不敢起这个意。他们已经决定要她受这痛苦，我所想的计划完全失败了。不幸的可怜的她，永远地在我名下系缚着，一直到她进了坟墓。这是多么残酷的事情！我懊丧着，我烦恼着，也一直到我进了坟墓：一切都完了，我还说什么呢？

瑜妹！我给你写这封信的动机，便是为了母亲。母亲！我不能不留恋的便是母亲！我同家庭决裂，母亲的伤痛可想而知，我不孝，不能安慰母亲。瑜妹！我此后极止何处，我尚不知；何日归来，更无期日。望你常去我家看看我的母亲，你告诉她，我永远是她的儿子，我永远在天之涯海之角的世界上，默祝她的健康！

瑜妹，我家庭此后的情形真不敢想，我希望他们能为了我的走，日后知道懊悔。我一步一步离故乡远了，我的愁一丝一丝地也长了。

再见吧！祝你健福！

徽之

我读完表哥的信，母亲去舅舅家的原因我已猜着了，表哥这样一走，舅母家一定又闹得不得了，不然不会这样焦急地催母亲去。我同情母亲的苦衷，然而我更悲伤表嫂的命运。结婚后十年，表哥未曾回来过，好容易他大学毕业回来了，哪知他又提起离婚。外祖母家是大家庭，表嫂是他们认为极贤德的媳妇，哪里让他轻易说道离婚呢？舅父如今不在家，外祖母的脾气暴躁极了，表哥的失败是当然的，不过这么一闹，将来结果怎样真不敢想；表哥他是男人，不顺意可以掉下家庭跑出去；表嫂呢，她是女人，她是嫁给表哥的人，如今他不要她了，她怎样生活下去呢？想到这里我真为这可怜的女子伤心！我正拿着这封信发愣的时候，王妈走进来说：

"太太请小姐出去。"

我把表哥的信收起后，跟着王妈来到母亲房里。母亲正在房里装小皮箱里的零碎东西，琨妹手里提着一小篮花，嫂嫂在台阶上看着人往外拿带去的东西。

"瑜！昨夜你姥姥家来电，让我去；我不知道为的什么事，因此我想着就去看看。本来我想带你去，因为我不知他们家到底有什么事，我想还是你不去好。过几天赶你回京前去一次就成了，你到了他们家又不惯拘束。琨她闹着要去，我想带她去也好，省得她留在家里闹。"母亲这样对我说的时候，我本想把表哥的事告诉她，后来我想还是不说好了，免得给人们心上再印一个渺茫的影子。

我和嫂嫂送母亲上了火车，回来时嫂嫂便向我说："瑜妹，你知道表哥的事吗？听说他在上海念书时，和一个女学生很要好，今年回来特为此向家庭提出离婚。外祖母家那么大规矩，外祖母又那么严厉，表嫂这下可真倒霉极了。一个女子——像表嫂那样女子，她的本事只有俯仰随人，博得男子的欢心时，她低首下心一辈子还值得。如今表哥不要她了，你想她多么难受呢！表哥也太不对，他并不会为这可怜旧式环境里的女子思想，他只觉着自己的妻不如外边的时髦女学生，又会跳舞，又会弹琴，又会应酬，又有名誉，又有学问的好。"她很牢骚地说着。我不愿批评，只微微地笑了笑，到了家我们也没有再提起表哥的事。

但是我心里常想到可怜的表嫂，环境礼教已承认她是表哥的妻子了——什么妻，便是属于表哥的一样东西了。表哥弃了她让她怎样做人呢？她此后的心将依靠谁？十年嫁给表哥，虽然行了结婚礼表哥就跑到上海，不过名义上她总是表哥的妻。旧式婚姻的遗毒，几乎我们都是身受的。多少男人都是弃了自己家里的妻子，向外边饿鸦似的，猎捉女性。自由恋爱的招牌底下，有多少可怜的怨女弃妇践踏着！同时受骗当妾的女士们也因之增加了不少，我想着怎样才能拯救表嫂呢？像他们那样家庭，幽怨阴森简直是一座坟墓，表嫂的生命也不过如烛在风前那样悠忽！

过了三天，母亲来信了，写得很简，她报告的消息真惊人！她说表哥走后，表嫂就回了娘家，回去第二天的早晨，表嫂便服毒死了！如今她的祖父和外祖母闹得很厉害，舅父呢，不在家，表哥呢，他杀了一个人却鸿飞渺渺地不知哪里去了。因此舅母才请母亲去商量怎样对付。现在还毫无头绪，表嫂的尸骸已经送到外祖母家了，正计划着怎样讲究地埋葬她！母亲又说琨妹也不愿意住了，最好叫人去接她回来，因为母亲一时不能回来，叮咛我们在家用心地服侍父亲。

嫂嫂看完母亲的信哭了！她自然是可怜表嫂的末遇，我不能哭，也不说话，跑到院子里的葡萄架下站着，望着晴空白云枝头小鸟，想到表哥走了，或者还有回来的一天。表嫂呢，她永远不能归来了！为了她的环境，为了她的命运，我低首默祷她永久地安眠！

董二嫂

夏天一个黄昏，我和父亲坐在葡萄架下看报，母亲在房里做花糕；嫂嫂那时病在床上。我们四周围的空气非常静寂，晚风吹着鬓角，许多散发飘扬到我脸上，令我沉醉在这穆静慈爱的环境中，像饮着醇醴一样。

这时忽然送来一阵惨呼哀泣的声音！我一怔，浑身的细胞纤维都紧张起来，我掷下报陡然的由竹椅上站起，父亲也放下报望着我，我们都屏声静气地听着！这时这惨呼声更真切了，还夹着许多人声骂声重物落在人身上的打击声！母亲由房里走出，挽着袖张着两只面粉手，也站在台阶上静听！

这声音似乎就在隔墙。张妈由后院嫂嫂房里走出，看见我们都在院里，她惊惶地说："董二嫂又挨打了，我去瞧瞧怎么回事？"

张妈走后，我们都没有说话；母亲低了头弄她的面手，父亲依然看着报，我一声不响地站在葡萄架下。哀泣声，打击声，嘈杂声依然在这静寂空气中荡漾。我想着人和人中间的感情，到底用什么维系着？人和人中间的怨仇，到底用什么纠结着？我解答不了这问题，跑到母亲面前去问她：

"妈妈！她是谁？常常这样闹吗？"

"这些事情不稀奇，珠，你整天在学校里生活，自然看不惯：其实家庭里的罪恶，像这样的多着呢。她是给咱挑水的董二的媳妇，她婆婆是著名的狠毒人，谁都惹不起她；耍牌输了回来，就要找媳妇的气生。董二又是一个糊涂人，听上他娘的话就拼命地打媳妇！隔不了十几天，就要闹一场；将来还不晓得弄什么祸事。"

母亲说着走进房里去了。我跑到后院嫂嫂房里，刚上台阶我就喊她，她很细微地答应了我一声！我揭起帐子坐在床沿，握住她手问她：

"嫂嫂！你听见没有？那面打人！妈妈说是董二的媳妇。"

"珠妹！你整天讲妇女问题，妇女解放，你能拯救一下这可怜被人践踏毒打的女子吗？"

她说完望着我微笑！我浑身战栗了！惭愧我不能向她们这般人释叙我高深的哲理，我又怎能有力拯救这些可怜的女同胞！我低下头想了半天，我问嫂嫂：

"她这位婆婆，我们能说进话去吗？假使能时，我想请她来我家，我劝劝她，或者她会知道改悔！"

"不行！我们刚从省城回来，妈妈看不过，有一次叫张妈请她婆婆过来，劝导她；当时她一点都不承认她虐待媳妇，她反说了许多董二媳妇的坏话。过后她和媳妇生气时，嘴里总要把我家提到里边，说妈妈给她媳妇支硬腰，合谋的要逼死她。妹！这样无智识的人，你不能理喻的；将来有什么事或者还要赖人，所以旁人绝对不能干涉他们家庭内的事！咳！那个小媳妇，前几天还在舅母家洗了几天衣裳，怪可人的模样儿，不晓得她为什么这般薄命逢见母夜叉？"

张妈回来了。气得脸都青了，喘着气给我斟了一杯茶，我看见她这样忍不住笑了！嫂嫂笑着望她说：

"张妈！何必气得这样，你记住将来狗子娶了媳妇，你不要那么待她就积德了。"

"少奶奶！阿弥陀佛！我可不敢，谁家里没有女儿呢，知道疼自己的女儿，就不疼别人的女儿吗？狗子娶了媳妇我一定不歪待她的，少奶奶你不信瞧着！"

她们说的话太远了，我是急于要从张妈嘴里晓得董二嫂究竟为了什么挨打。后来张妈仔细地告诉我，原来为董二的妈今天在外边输了钱，回来向她媳妇借钱，她说没有钱；又向她借东西，她说陪嫁的一个橱两个箱，都在房里，不信时请她去自己找。董二娘为了这就调唆着董二打他媳妇！确巧董二今天在坡头村吃了喜酒回来，醉醺醺的听了他娘的话，不分皂白便痛打了她一阵。

那边哀泣声已听不到，张妈说完后也帮母亲去蒸花糕，预备明天我们上山做干粮的。吃晚饭时母亲一句话都没有说，父亲呢也不如平常高兴；我自己也莫名其妙地荡漾起已伏的心波！那夜我没有看书，收拾了一下我们上山的行装后，很早我就睡了，睡下时我偷偷在枕上流泪！为什么我真说不来，我常想着怎样能安慰董二嫂。可怜我们在一个地球上，一层粉墙隔得我们成了两个世界里的人，为什么我们无力干涉她？什么县长？什么街长？他们诚然比我有力去干涉她，然而为什么他们都视若罔睹，听若罔闻呢！

"十年媳妇熬成婆"，大概他们觉得女人本来不值钱，女人而给人做媳妇，更是命该倒霉受苦的！因之他们毫不干涉，看着这残忍野狠的人们猖狂，看着这可怜微小的人们呻吟！要环境造成了这个习惯，这习惯又养了这个狠心。根本他们看一个人的生命和蚂蚁一样的不在意。可怜屏弃在普通常识外的人们呵！什么时候才认识了女人是人呢？

第二天十点钟，我和父亲、昆侄坐了轿子去逛山，母亲将花糕点心都让人挑着：那天我们都高兴极了！董二嫂的事，已不在我们心域中了！

在杨村地方，轿夫们都放下轿在那里息肩，我看见父亲怒冲冲地和一个轿夫说话，站得远我听不真，看样子似乎父亲责备那个人。我问昆侄那个轿夫是谁，他说那就是给我们挑水的董二。我想着父亲一定是骂他不应该欺侮他自己的女人。我默祷着董二嫂将来的幸福，或许她会由黑洞中爬出来，逃了野兽们蹂躏的一天！

我们在山里逛了七天，父亲住在庙里看书，我和昆侄天天看朝霞望日升，送晚虹迎月升，整天在松株青峰清溪岩石间徘徊。夜里在古刹听钟声，早晨在山上听鸣禽；要不然跑到野草的地上扑捉蝴蝶。这是我生命里永不能忘记的，伴着年近古稀的老父，偕着双鬟未成的小侄，在这青山流水间，过这几天浪漫而不受任何拘束的生活。

七天后，母亲派人来接我们。抬轿的人换了一个，董二没有来。下午五点钟才到家，看见母亲我高兴极了，和我由千里外异乡归来一样：虽然这仅是七天的别离。

跑到后院看嫂嫂，我给她许多美丽的蝴蝶，昆侄坐在床畔告诉她逛山的所见，乱七八糟不知她该告诉母亲什么才好。然而嫂嫂绝不为了我们的喜欢而喜欢，她仍然很忧郁地不多说话，我想她一定是为了自己的病。我正要出去，张妈揭帘进来，嘴口张了几张似乎想说话又不敢说，只望着嫂嫂。我奇怪极了，问她：

"什么？张妈？"

"太太不让我告小姐。"

她说着时望着嫂嫂。昆侄比我还急，跳下床来抱住张妈像扭股儿糖一样缠她，问她什么事不准姑姑知道，嫂嫂笑了！她说：

"其实何必瞒你呢？不过妈因为你胆子小心又软，不愿让你知道；不过这些事在外边也很多，你虽看不见，然而每天社会新闻栏里有的是，什么稀奇事儿！"

"什么事呢？到底是什么事？"我问。

张妈听了嫂嫂话，又听见我追问，她实在不能耐了，张着嘴，双手张开跳到我面前，她说：

"董二的媳妇死了！"

我没有勇气，而且我也想不必，因之我不追问究竟了。我扶着嫂嫂的床栏呆呆地站了有十分钟，嫂嫂闭着眼睛，张妈在案上捡药包，昆侄拉着我的衣角这样沉默了十分钟。后来还是奶妈进来叫我吃饭，我才回到妈妈房里。

妈妈没有说什么，父亲也没有说什么，然而我已知道他们都得到这个消息了！一般人认为不相干的消息，在我们家里，却表示了充分的黯淡！

董二嫂死了！不过像人们无意中践踏了的蚂蚁，董二仍然要娶媳妇，董二娘依旧要当婆婆，一切形式似乎都照旧。

直到我走，我再没有而且再不能听见那哀婉的泣声了！然而那凄哀的泣声似乎常常在我耳旁萦绕着！同时很惭愧我和她是两个世界的人，我感觉到自己的力量太微小了。我是贵族阶级的罪人，我不应该怨恨一切无智识的狠毒妇人，我应该怨自己未曾指导救护过一个人。

余　晖

日落了，金黄的残辉映照着碧绿的柳丝，像恋人初别时眼中的泪光一样，含蓄着不尽的余恋。垂杨荫深处，显露出一层红楼，铁栏杆内是一个平坦的球场，这时候有十几个活泼可爱的女郎，在那里打球。白的球飞跃传送于红的网上，她们灵活的黑眼睛随着球上下转动，轻捷的身体不时地蹲屈跑跳，苹果小脸上浮泛着心灵热烈的火焰和生命舒畅健康的微笑！

苏斐这时正在楼上伏案写信，忽然听见一阵笑语声，她停笔从窗口下望，看见这一群忘忧的天使时，她清癯的脸上显露出一丝寂寞的笑纹。她的信不能往下写了，她呆呆地站在窗口沉思。天边晚霞，像绯红的绮罗笼罩着这诗情画意的黄昏，一缕余晖正射到苏斐的脸上，她望着天空惨笑了，惨笑那灿烂的阳光，已剩了最后一瞬，陨落埋葬一切光荣和青春的时候到了！

一个球高跃到天空中，她们都抬起头来，看见了楼窗上沉思的苏斐，她们一起欢跃着笑道："苏先生，来，下来和我们玩，和我们玩！我们欢迎了！！"说着都鼓起掌来，最小的一个伸起两只白藕似的玉臂说：“先生！就这样跳下来吧，我们接着，摔不了先生的。”接着又是一阵笑声！苏斐摇了摇头，她这时被她们那天真活泼的精神所迷眩，反而不知说什么好；一个个小头仰着，小嘴张着，不时用手绢擦额上的汗珠，这怎忍拒绝呢！她们还是顽皮涎脸笑容可掬地要求苏斐下楼来玩。

苏斐走进了铁栏时，她们都跑来牵住她的衣袂，连推带拥地走到球场中心，她们要求苏斐念她自己的诗给她们听。苏斐拣了一首她最得意的诗念给她们，抑扬幽咽，婉转悲怨，她忘其所以的形容发泄尽心中的琴弦；念完时，她的头低在地下不能起来，把眼泪偷偷咽下后，才携着她们的手回到校舍。这时暮霭苍茫，黑翼已渐渐张开，一切都被其包没于昏暗中去了。

那夜深时，苏斐又倚在窗口望着森森黑影的球场。她想到黄昏时那一幅晚景和那些可爱的女郎们，也许是上帝特赐给她的恩惠，在她百战归来、创痛满身的时候，给她这样一个快乐的环境，安慰她养息她惨伤的心灵。她向着那黑暗中的孤星祷告。愿这群忘忧的天使，永远不要知道人间的愁苦和罪恶。

这时她忽然心海澄静，万念俱灰。一切宇宙中的事物都在她心头冷寂了，不能再令她沉醉和兴奋。一阵峭寒的夜风，吹熄她胸中的火焰，觉仆仆风尘中二十余年，醒来只是一番空漠无痕的噩梦。她闭上窗，回到案旁，写那封未完的信，她说：

钟明：

自从我在前线随着红十字会做看护以来，才知道我所梦想的那个园地，实际并不能令我满意如愿。三年来诸友相继战死，我眼中看见的尽是横尸残骸，血泊刀光。原只想在他们牺牲的鲜血白骨中，完成建设了我们理想的事业，谁料到在尚未成功时，便私见纷争，自图自利，到如今依然是陷溺同胞于水火之中，不能拯救。其他令我灰心的事很多，我又何忍再言呢！因之，钟明，我失望了。失望后我就回来看我病危的老母，幸上帝福佑，母亲病已好了，不过我再无兄弟姊妹可依托，我不忍弃暮年老亲而他去。我真倦了，我再不愿在荒草沙场上去救护那些自残自害，替人做工具的伤兵和腐尸了。请你转告云玲等不必在那边等我！允许我暂时休息，愿我们后会有期。

苏斐写完后，又觉自己太懦弱了，这样岂是当年慷慨激昂投笔从戎的初志。但她为这般忘忧的天使系恋住她英雄的前程，她想人间的光明和热爱，就在她们天真的童心里，宇宙呢？只是无穷罪恶、无穷黑暗的渊薮。

归　来

马子凌的军队快到 Q 城的时候，市民便在公共体育场，筹备开欢迎战士凯旋的大会。那时晴空无云，温阳正照着这绿色的原野，轻浮着一种草花的香气，袭人欲醉！场中央已扎起一座彩台，台上满摆着鲜花，花中放着一张新月式的白漆桌，两旁列着十几把椅子；全场中连系着十字交叉的万国旗，台顶上那杆令万人崇敬钦仰的旗子，这时临风飘展，使一切野花小草都含笑膜拜！

烟尘起处，军乐悠扬，旗帜飘摇中先是负枪实弹的步兵，一列一列过去之后，便是马队。在这种雄壮静肃的空气中，只听见幽扬的军乐和着整齐的步履，沙沙沙沙，这是光荣的胜利的语声吗？两旁的观众，扶老携幼，有认子的老母，有寻夫的娇妻，也有是含着悲酸哀痛，来迎接那些归来的沙场英魂，这时也许哀悼之感甚于欢欣之情吧！最后一队中有个清癯的戎装英雄，在马上他忍泪含笑向两旁狂呼投花的群众点头，这就是十年前投笔从戎、誓扫阴霾的马子凌。

子凌到了场中，军队和民众环绕着那一座高台，万头攒动中，子凌在台上演说他十年中百战成功的经过，他结论说这并不是他的光荣胜利，这是民众的光荣，民众的胜利。今日侥幸功成归来，宇宙重现了清明之象，他自然一样为祖国庆贺欢祝，不过为了证明他这次归来是把这光荣胜利送还给故乡父老，所以他才解甲弃枪，不愿拥兵高位自求荣利。

他演说完后，在民众热烈的掌声中，脱下他那件染满了血斑的战袍，一抬手扔挂在那杆大旗上，露出他背部和右臂的创痕，不知怎样他忽然流下泪来，他想到他的老父和他的爱人的惨死！

第二日他把一切军务都交给他的秘书王静泉代理后，提了一个小箱，就悄悄地离开 Q 城。一路上他心情很烦乱悲怆，往日他只希望着战争胜利和成功，几年中他摒弃了自己一切的情怀而努力迷恋着这愿望的实现。如今果能如愿归来，但是他在群众热烈的掌声中，惊醒了他的幻梦，他失望了！他抱着这虚空的怅惘，回到他的故乡。这时他知道自己的幸福欢乐已埋葬了，他所能偿愿无愧的，就是他能手刃了敌人的头颅，给他的老父和爱人报仇；除此以外，他不能再在这光荣胜利的欢笑中求幸福求爱情求名利了。

十年前，子凌的故乡木杨镇，正是 E 军和 G 军开火接触的战线，炮火声中，将这村庄里多少年的安宁幸福给破碎了！那时幸好母亲和妹妹已逃到外祖母家，他呢，在城里念书车路不通，不能回来。在军队开到的前几天，子凌的父亲是这一乡最有名望的老者，所以许多乡人都信仰尊敬他；自从风声紧急后，便在他家里开了几次会议，但这是绝对无办法可想的。后来只议决先让妇女躲到别的乡村去，余下男人们在家里守着，静等着战神的黑翼飞来。

一天黄昏时候，晚饭后许多农民都聚集在小酒店的门口，期待着那不堪设想的惊惶惨淡之来临。这时正好村西瓦匠的儿子张福和已从前线上逃回来，他传来的消息是 G 军失利，E 军追击着离这里已有三百里。夜来了，一切的黑暗把这几千户的乡镇包围后，忽然由西南角传来一阵枪炮声，一缕缕的白烟在荫深的树林中飘浮着，惊得树上的宿鸟都振翼向四下里乱飞，村中隐隐听见惶恐喧嚷之声，他们抖颤着，可怕的噩运已来了。

夜里十点钟时候，枪声愈来愈近，隐约中在大道上可以看见灰色蠕动的东西蜿蜒而来；这时子凌的父亲也来到酒店门口，虽然在这样急迫危险中，他仍然保持着那往日沉默庄严的态度，不时把头仰起望着黑漆无星光的天宇！枪声近了，人们马上显露出惊惶来，村门口的狗都汪汪汪汪向着大道狂吠，这安逸幸福的乡镇，已在这一刹那中破碎了！

败兵进了木杨镇后，大本营便扎在子凌的家中，自然因为他是这里的首富，人格资产房屋都较为伟大！这是木杨镇的酷劫。一切呵！在顷刻之中便颓倒粉碎，妇女和小儿更践踏凌辱得可怜。

当翌晨太阳重照着木杨镇天宁寺的塔尖时，子凌的家中忽然起了极大的扰乱和惊惶，镇中的人们都十分悲痛哀悼地跑来看，原来子凌的父亲，在后院马槽中被人刺死了！死得自然惨凄，周身的衣服都被脱去，紫的血和土已凝结在一块，雪亮的刺刀还插在咽喉上！到底是为什么死的？至如今都是疑案，但也无什可疑，总之在枪弹飞来飞去的战翼下，一切都是毁灭，一切都是牺牲。

一月之后，子凌从Q城奔丧归来，母亲和弱妹都在外祖母家中病着，他咽下悲痛愤慨的眼泪，料理完一切后，遂辞别了老母、稚妹回到Q城。这时他热血沸腾，壮怀激荡，誓愿拼此头颅，拼此热血，为惨死的老父申此一腔冤气，并为许多同胞建筑平和幸福之基。这时Q城已有一般青年男女，组织了一个铁血社，同心同志向这条路去进攻，不久子凌便推为这社里的首领，为若干热血健儿所尊崇所爱护。内中有一女同志胡君曼，和子凌肝胆相照，情意相投，协力互助着求铁血社的进行发展，数年之中，他们的社员已有十万余人。这时国内各派擅权，相继消长，战争不已，民苦日深，但是铁血社的雏形，已招了许多敌人的忌恨，每欲乘机扑灭此潜伏的势力而甘心。

有一年的暑假中，君曼负了使命南下，哪晓得敌方的侦探已追踪了她，当她在 Y 埠下车时，便被那里的军队捕了去。捕去后在她身上搜出许多密件公文，都是对于敌军不利的计划。Y 埠的军长大为震怒，连审讯都没有，便把君曼赏给了捕她的那个营长去当姨太太。这消息子凌知道后万分的愤怒悲痛，更觉这世界是人间魔窟，险恶已极；虽然那时他们势力薄弱，不能相敌，但是这耻辱，已给铁血社不少的兴奋和努力。过了几天，子凌忽然接到君曼一封潦草简短的遗书，说她虽死请子凌不要太过伤心，只盼他积极去进行他们的社务，以事业便是爱情，爱情便是事业的话来勉励他。从此以后子凌专心一意地以改革社会环境为己任，一想到父亲和君曼的惨死，便令他热血沸腾，愤不欲生！

十年之后，子凌杀死一切的敌人，凯旋归来，这是一般人所最钦仰羡慕他的。然而当他脱去了赤血斑驳的战袍，露出他背上和右臂的创痕，同时也撩揭起他心底的悲痛。他觉得在枪林弹雨中十年奔走湖海飘零，如今虽然是获得一时的胜利成功，不过在人类永久的战斗里，他只是一个历史使命的走卒，对他自己只是增加生命的黯淡和凄悲，毫无一些的安慰，反因之引起了不堪回首的当年。

一个驰骋疆场、叱咤风云的英雄，如今夕阳鞭影，古道单骑，马儿驮也驮不动那人间的忧愁和怆痛！他抛弃了一切的虚荣名利，独自策马向故乡去了。去哭吊父母的坟墓，去招祭君曼的英魂去了。

红鬃马

那是一个春天的早晨，一轮赤日拖着万道金霞由东山姗姗地出来，照着摩天攀云的韩信岭。韩信岭下的居民，睡眼蒙眬中，忽然看见韩侯庙里的塔尖上，插着一杆雪白的旗帜，在日光中闪耀着，在云霄中飘展着。这时岭下山坡上，陆陆续续可以看见许多负枪实弹的兵士，臂上都缠着一块白布，表示革命军特别的标志。

他们是推倒清朝建设民国的健儿。一列二列整齐的队伍过去，高唱着激昂悲壮的军歌，一直惊醒了岭下山城中尚自酣睡的居民。

韩信岭四周的山城，为了这耀目的白彩，勇武的健儿们，曾起了极大的纷扰，但不久这纷扰便归于寂静；居民依然很安闲愉快地耕种着田地，妇人也支起机轮纺织布匹，小孩们还是在河沟里掏螃蟹，沙滩上捡石子地玩耍着。

在当时纷扰中，隐约的枪声里，我和芬嫂、母亲扮着乡下人，从衙署逃出来，那时只有老仆赵忠跟着我们。枪林弹雨中，我们和一群难民跑到城外，那时天已黄昏，晚霞正照着一片柳林，万条金线慵懒地垂到地上。树荫下纵横倒卧着的都是疲惫的兵士，我们经过他们的面前连看都不敢看，只祷告不要因为这杂乱的足声惊醒他们的归梦。离城有五里地了，赵忠从东关雇来一辆驴车，母亲告诉车夫去南王村，拿着父亲的一封信去投奔一个朋友。我那时才十岁，虽然不知为什么忽然这样纷扰，不过和父亲分离时，看见父亲那惊吓焦忧的面貌，和母亲临行前收拾东西的匆促慌急，已知道这不幸的来临，是值得我们恐怖的！

逃难时我不害怕也不涕哭，只默默地看着面前一切的惊慌和扰乱，直到坐在车上，才想起父亲还陷在恐怖危险中，为什么他不和我们一块儿出来呢？问芬嫂，她掩面无语；问母亲时，她把我揽在怀中低低地哭了！夜幕渐渐低垂，树林模糊成一片漆黑，驴车上只认出互相倚靠蜷伏的三个人影。赵忠和车夫随着车走。除了车轮的转动和黑驴努力前进的呼吸外，没有一点响声。广漠的黑暗包围着，有时一两声的犬吠和树叶的飘落，都令人心胆俱碎！到了南王村已是深夜，村门上有乡勇把守，因为我们是异乡人不许走进村。后来还是请来了父亲的朋友王仁甫，问明白后才让我们进去。过了木栅门，王宅已派人拿了灯笼来接，这时我心中才觉舒畅，深深地向黑暗的天宇吐了一口气。坐上王宅车到他家时，我已在路上睡着了。

这一夜，母亲和芬嫂都未安眠，我们焦虑着父亲的吉凶。芬嫂和母亲说："早知道这样两地悬念，还不如在一块儿放心。"母亲愈想愈觉着难过，但是在人家这里也不愿显出十分悲痛的样子。第二天，母亲唤醒我，才知道父亲已派人送信来了，说城中一切都平靖，革命军首领是我们同乡郝梦雄，他是父亲的学生，所以不仅父亲很平安，连这全县一百余村也一样平安。这消息马上便传布了全村，许多妇人领着自己的小孩来到王宅慰问我们！母亲很客气地接见了他们。那天午餐是全村的乡董公请，母亲在席上饮上三杯酒，庆祝这意外的平安！

午餐完毕，王宅用轿车送我们进城，这次不是那样狼狈了。一进城门，便看见军队排立着向我们举枪致敬。车进了大门，远远已看见父亲和一位雄壮英武全身军装的少年站在屏风门前迎接我们。下了车，我先跑过去抱住父亲，父亲笑着说："过去给你梦雄哥行礼，不是他，我也许见不着你们了。"这时真说不出是悲是喜，母亲和芬嫂都在旁边擦着眼泪，父亲笑声中也带了几分酸意。我走到梦雄面前很规矩地向他行了礼，他笑着握了我的手说："几年不见，妹妹已长大了，你还认识我吗？"他蹲下来捧着我的下颌这样问，我笑了，跑到母亲跟前去，父亲笑了，梦雄和赵忠他们都笑了！

过了几天，父亲和梦雄决定了一同进省，因为军旅中不便带女眷，所以把我们留在这里。在梦雄走的前一天，我们收拾好行装搬到南王村王仁甫家中暂住，等父亲派人来接我们。临行时父亲和梦雄骑着马送我们到城外，我也要骑马，父亲便把我抱在他的鞍上。时已暮春，草青花红，父亲和梦雄并骑缓缓地走过那日令我惊心的柳林，我忽然感到一种光荣，这光荣是在梦雄骑着的那匹红鬃马的铁蹄上！

到了东关外，父亲把我抱下马来，让我和母亲坐在车上去。我知道和父亲将要分离，心中禁止不住的凄哀，拉着父亲的衣角哭了！梦雄跳下马来，抚着我的额前短发，他说："妹妹，你不要哭，过几天便派人来接你去省城。你想骑马，我那里有许多小马，我送你一匹，你不要哭，好妹妹。"母亲、芬嫂下了车，和父亲、梦雄告别后，赵忠又抱我上了车。车轮动了，回头我见父亲和梦雄并骑站在山坡上，渐渐远了，我还见梦雄举扬着他的马鞭。

梦雄因为这次征服了岭南各县的逆军，很得当道的赞喜！回到省城后，全城的民众开大会欢迎他的凯旋。不久他便升了旅长，驻扎在缉虎营，保卫全城。在这声威煊赫后的梦雄，当时很引起我们故乡长老的评论。他家境原本贫寒，父亲是给人看守祠堂，母亲是个瞎子。他十岁时便离开家乡去漂泊，从戎数载，转战南北。谁都以为他早已战死沙场，哪料到革命军纷起后，他遂首先回来响应。不仅他少年得志令人敬佩，最使人艳羡的他还有一位美丽英武的夫人，听说是江苏人，她的来历谁都不知道，但是她的芳名冯小珊是这城里谁都晓得的。

我们到了省城后，便和梦雄住在一条胡同内。小珊比我大十岁，我叫她珊姐。她又活泼又勇武，憨漫天真中流露出一种庄严的神采，教人又敬又爱。梦雄和她感情很好，英雄多情，谁也看不出英武的梦雄在珊姐面前缠绵柔顺得却像一只小羊。

过了中秋节后四天，是我的生日。父亲特别喜欢，张罗着给我过一个愉快幸福的生辰。那天早晨，母亲给我换上玫瑰色缎子的长袍，上边加了一件十三太保的金绒坎肩，一排黄澄澄的扣子上镌着我的小名，芬嫂与我梳了两条松长的辫子垂在两肩，她又从小银匣内拿出一条珠链给我挂在颈上。收拾好，母亲派人来叫我，芬嫂拉着我走到客厅，在廊下便听见梦雄和珊姐的笑声！我揭帘进去。珊姐一见我便跑过来握着我的手说："啊呀！好漂亮的小姑娘，你过来看看我送你的礼。""她一定喜欢我的，你信不信？"梦雄笑着向珊姐说。我走到母亲面前，母亲指桌上一个杏黄色的包袱说："你还不谢谢珊姐给你的礼。"我过去打开一看，是一套黑绒镶有金边的紧身戎装，还有一顶绒帽。梦雄不等我看完，便领我走到前院，出了屏门。那棵槐树下拴着两匹马，一匹是梦雄的红鬃马，还有一匹小马，周身纯白，鞍辔俱全。我想起来了，这是梦雄三月前允许了我的礼物。我真喜欢，转过身来深深地向他们致谢！那天收了不少的礼物，但是最爱的还是这两样。

不久我便进了学校，散课后，珊姐便和我骑着马去郊外，缘着树林和河堤，缓辔并骑，在夕阳如染、柳丝拂鬓的古道上，曾留了不少的笑语和蹄痕。有时玩得倦了，便把马拴在树上，我们睡在碧茵的草地上、绿荫下，珊姐讲给我许多江南的风景。谈到她的故乡时，她总黯然不欢，我那时也不注意她的心深处，不过她不高兴时，我随着也就缄默了。

中学将毕业的前一年，梦雄和珊姐离开了我们去驻守雁门关。那时我已十六岁了，童年的许多兴趣多半改变。梦雄送给我的小白马，已长得高大雄壮。我想留着它不如送给珊姐自用，所以我决定送给她。在他们临行时，我骑着它到了城外关帝庙，父亲在那里设下了别宴。我下了马，和梦雄、珊姐握别时，一手抚着它，禁不住的热泪滴在它蒸汗的身上。珊姐骑着它走了三次，才追着梦雄的红鬃马去了。归途上，我感到万分的凄楚，父亲和母亲也一样的默然无语。斜阳照着疏黄的柳丝，我忽然想起六年前往事，觉童年好梦已碎，这一阵阵清峭的秋风，吹落我一切欢乐，像漂泊的落叶陨坠在深渊之中。

八年以后，暑假里，我由燕北繁华的古都，回到娘子关畔的山城。假如我尚有记忆时，真不信我欢乐的童年过后，便疾风暴雨般横袭来这许多人间的忧愁，侵蚀我，摧残我，使我终身墓葬于这荒冢寒林之中。此后只有在一缕未断的情丝上，回旋着这颗迂回而悲凄的心，在一星未熄的生命余焰里，挥泪瞻望着陨落的希望之星，和不知止于何处的遥远途程。这自然不是我负笈千里外所追求的，又何尝是我白发双亲倚闾所希望的。然而命运是这样安排好了，我虽欲挣脱终不能挣脱。

这八年中，我在异乡沉醉过，欢笑过，悲愁过，痛哭过，遍尝了人间的甜酸辛辣，才知道世界原来是这个罪恶之薮，而我们偶然无意中留下的鸿爪，也许便成了一种忏悔罪恶的遗迹。恍惚迷离中，一切虽然过去了，消逝了，但记忆磨灭不了的如影前尘，在回忆时似乎尚可得一种空幻的慰藉。

黄昏的灯光虽然还燃着，但是酒杯里的酒空了，梦中的人去了。战云依然深锁着，灰尘依然飞扬着，奔忙的依然奔忙，徘徊的依然徘徊，我忽然踯躅于崎岖荆棘的天地中，感到了倦旅。我不再追求那些可怜的梦影了，我要归去，我要回到母亲的怀里，暂时求个休息去。我倦了，我想我就是这样倒下去，我也愿在未倒时再看看我童年的摇篮和爱我的双亲。

扎挣着由黑暗的旅舍中出来，我拂了拂衣襟上的尘土，抚了抚心上的创口，向皎洁碧清的天空深深地吐了一口气后，踏着月色独自走向车站。什么都未带，我不愿把那些值得诅咒、值得痛恨的什物，留在身畔再羁绊我。就这样上了车，就这样刹那间的决定中抛弃了一切。车开行了，深夜里像一条蜿蜒在黑云中的飞龙，我倚窗向着那夜幕、庄严神秘的古都惨笑！惨笑我百战的勇士逃了！

谁都不晓得，这一辆车中载着我归来，当晨曦照着我时，我已离开古都有八百里，渐渐望见了崇岭高山，如笋的山峰上都戴着翠冠，两峰之间的瀑布响声像春雷一般。醒了，我一十余载的生之梦，这时被涧中水声惊醒了！禁不住眼泪流到我久经风尘的征衫！为了天堑削壁的群山，令我回想到幼年时经过的韩信岭和久无音信的珊姐和梦雄。

下了火车，我雇了一只小驴骑到家，这比什么都惊奇，我已站在我家的门口了。湖畔一带小柳树是新栽的，晚风吹拂到水面，像初浣的头发；那边上马石前，卧着一只白花狗，张着口伸出血红的舌头，和着肚皮一呼一吸的，正看着这陌生的旅客呢！我把小驴系在柳树上，走向前去叩门，我心颤动着，我想这门开了后，不知将来的梦又是些什么。

到家后三天，家中人知我心境忧郁，精神疲倦。父亲爱怜我，让我去冠山住几天，他和小侄女蔚林陪着我。一个漂泊归来的旅客，乍承受了这甜蜜的温存和体贴，觉感激涕下！原来人间尚有这块园地是会使我幸福的，骄傲的。上帝！愿永远这样吧！愿永远以这伟大的慈爱抚慰世上一切痛苦失望中归来的人吧！

　　山道中林木深秀，涧水清幽，一望弥绿，把我雪白的衣裳也映成碧色。父亲坐着轿子，我和蔚林骑着驴，缓缓地迂回在万山之间，只听见水声潺潺，但不知水在何处！草花粉蝶，黄牛白羊，这村色是我所梦想不到的。一切诅恨宇宙的心，这时都变成了欣羡留恋，一草一木，一山一水之微，都给与我很深很大的安慰。我们随着父亲的轿子上了几层山坡，到了我家的祖茔，父亲下了轿，领着我和蔚林去扫墓，我心中自然觉到悲酸。在父亲面前只好倒流到心里。烧完纸钱，父亲颤巍巍地立在荒墓前，风吹起他下颌下的银须和飞起的纸灰。这一路我在驴上无心再瞻望山中的风景，恨记忆又令我想到古都埋情的往事。我前后十余年中已觉世事变幻，沧桑屡易，不知父亲七十年来其辛苦备尝，艰险历经的人事，也许是恶苦多于欢乐！然而他还扎挣着风烛残年，来安慰我，愉悦我。父亲！懦弱的女儿，应在你面前忏悔了！

　　远远望见半山腰有一个石坊，峰头树林蔚然深苍中掩映着庙宇的红墙，山势蜿蜒，怪石狰狞，水乳由山岩下滴沥着，其声如夜半磬音，令人心脾凛然清冷。蔚林怕摔，下了驴走着，我也下来伴着她，走过了石坊不远便到了庙前，匾额写着"资福寺"。旁边有一池清泉，碧澄见底，岩上有傅青主题的"丰周瓢饮"四字。池旁有散发古松一株，盘根错节，水乳下滴，松上缠绕着许多女萝。转过了庙后，渡一小桥是槐音书院，因久无人修理已成废墟，荆棘丛生中有石碑倒卧，父亲叹了一口气，对我说，这是他小时读书之处。再上一层山峰至绝顶便到冠山书院，我们便住在这里。晚间，芬嫂又派人送来许多零用东西和外祖母特别给我做的点心。

夜里服侍父亲睡了后，我和蔚林悄悄走出了山门，立在门口的岩石上，上弦月弯弯像一只银枕挂在天边，疏星点点像撒开的火花。那一片黑漆的树林中时时听见一种鸟的哀鸣。我忽然感到这也许便是我的生命之林！万山间飘来的天风，如浪一样汹涌，松涛和着，真有翻山倒海之势。蔚林吓得拉紧了我的手，我也觉得心惊，便回来入寝。父亲和蔚林都睡熟了，只有我是醒着，我想到母亲，假如母亲在我身畔，这时我也好睡在她温暖的怀中痛哭！如今我仿佛一个人被遗弃在深夜的荒山之中，虎豹豺狼围着我，我不能抑制我的情感，眼泪如泉涌出！

鸡鸣了，我披衣起来，草草梳洗后便走出了山门，想看看太阳出山时的景致。一阵晨风吹乱了我的散发，这时在烟雾迷漫中，又是一番山景。我站在山峰上向四面眺望，觉天风飘飘，云霞烟雾生于足下，万山罗列，如翠笏环拱，片片白云冉冉飘过，如雪雁飞翔；恍惚如梦，我为了这非人间的仙境痴迷似醉。天边有点淡红的彩色，渐渐扩大了，又现出一道深紫的虹圈，这时已望见东山后放出万道金光，这灿烂的金光中捧出一轮血红似玛瑙珠的朝阳！

我下了石阶走去，那边林中有个亭子，已废圮倾倒，蛛丝尘网中抬头看见一块横额，写着"养志亭"三字。四周都是古柏苍松，陵石峻秀，花草缤纷，静极了，静得只听见自己呼吸的声音。我沉思许久，觉万象俱空，坐念一清，心中恍惚几不知此身为谁。走下了养志亭，现出一条石道，自己忘其所以地披荆棘，践野草走向前去，望见一带树林中，隐约现出房屋，炊烟飘散，在云端缭绕。

下了山，看见一畦一畦的菜园石红绿相间，粉墙一带似乎是个富人的别墅，旁边有许多茅屋草舍，鸡叫犬吠俨然似个小村落。看看表已七点钟了，我想该回去了，不然父亲和蔚林醒来一定要焦急我的失踪呢！我正要回头缘旧径上山去，忽然听见马嘶的声音，而且这声音很熟，似乎在哪里听见过一样！我奇怪极了，重登上了山峰，向那村落望去，我看不见马在哪里！又越过一个山峰时，我可以看见那一带粉墙中的人家了，一排杨柳下，拴着两匹马，我失惊地叫起来！原来一匹是梦雄的红鬃马，一匹是他赠我、我又赠珊姐的小白马。我仔细地望了又望，看了又看，一点都没有错，确是它们。

我像骤然得到一种光荣似的，心中说不出的喜欢，哪想到我会在这里无意中逢见它们。我又沉默了一会儿，觉着这不是梦。重新下了山，来到那个村落，我缘着粉墙走，看见一个黑漆大门，旁边钉着个铜牌写着"郝宅"，门口站着一个小姑娘，抱着一个小孩。我问她："这里是谁住着？"她说："是郝太太。"我又问她："你是谁呢？"她指着怀中小孩说："这是郝少爷，我是她的丫头叫小蟾。"

我说明来历，她领我走到客厅，厅里满挂着写了梦雄上款的对联和他的像，收拾得很整洁。院子很大，似乎人很少，静寂的只听见蝉声和鸟唱。碧纱窗下种着许多芭蕉，映得房中也成了绿色。院中满栽着花木，花荫下放着乘凉的藤椅。我正看得入神时，帘子响了，回头见一个穿着缟素衣裳的妇人走过来。我和她一步一步走近了，握住手，但是一句话也说不出，四只眼睛瞪望着。我真想哭，站在我面前这憔悴苍老的妇人，便是当年艳绝一时天真活泼的珊姐。我呢？在珊姐眼中也一样觉得惊讶吧！别时，我是梳着双鬟的少女，如今满面风尘，又何尝是当年的我。她问我为何一个人这样早来，我告诉了她，父亲和蔚林在山上时，她即叫人去告诉我在这里，并请他们来她家午餐。后来我禁不住了，问到梦雄，她颜色渐渐苍白，眼泪在眶中转动着，她说："已在一年前死了！"我的头渐渐低下，珊姐紧紧握住我的手，我和她都在静默中哭了！

珊姐含泪领我到她的寝室，一进门便看见梦雄的放大像，像前供着几瓶鲜花。我站在他遗像前静默了一会儿，我心中万分凄酸，哪知关帝庙一别便成永诀的梦雄，如今归来只余了一帧纸上遗影。我原想来此山中扫除我心中的烦忧，谁料到宇宙是如斯之小，我仍然又走到这不可逃逸的悲境中来呢！

"珊姐！难得我们在此地相见，今日虽非往日，但我们能在这刹那间团聚，又何尝不是一种幸福。你拿酒来，我们痛饮个沉醉后，再并骑出游，你也可以告我别后的情况，而且我也愿意再骑骑小白马，假如不是它的声音，我又哪能来到这里？"我似乎解劝自己又系解劝珊姐似的这样说。

珊姐叫人预备早餐，而且斟上了家中存着的陈酒。痛饮了十几杯后，我什么东西都没有吃，遂偕同珊姐走到后院。转过了角门，我看见那两匹马很疲懒地立在垂杨下。我望着它们时心中如绞，往日光荣的铁蹄，驰骋于万军百战的沙场，是何等雄壮英武！如今英雄已死，名马无主，我觉红鬃马的命运和珊姐也一样呢！我的白马也不如八年前了，但它似乎还认识故主，我走近了它时，它很驯顺地望着我。珊姐骑上梦雄的红鬃马，我骑上白马，由后门出来。一片绿原，弥望都是黄色的麦穗，碧绿的禾苗。珊姐在前领着道，我后随着，俨然往日童年的情景，只是岁月和经历的负荷，使我们振作不起那已经逝去的豪兴了。

远远望见一片蔚浓的松林，前面是碧澄的清溪，后面屏倚着崇伟的高山，我在马上禁不住的赞美这个地方。停骑徘徊了一会儿，抬头忽然不见了珊姐，我加鞭追上她时，她已转入松林去了。我进了松林，迎面便矗立着一块大理石碑，碑顶塑着个雕刻的石像，揽辔骑马，全身军装；碑上刊着："革命烈士郝梦雄之墓"。珊姐已下了马，俯首站在墓前，墓头种满了鲜花和青草，四周用石柱和铁环围绕着。

我把马拴在松树上，走近了石碑，合掌低首立在梦雄墓前，致这最后的敬意和悲悼！梦雄有灵也该笑了，他一生中所钟爱的珊姐和红鬃马，都在此伴着他这静默的英魂！偶然相识的我，也能今朝归来，祭献这颗敬慕之心。梦雄！你安息吧，殡葬你一切光荣愿望、热烈情绪在这山水清幽的深谷中吧！

珊姐望着石像哭了，我不知怎样劝慰她，只有伴她同挥酸泪！她两手怀抱着梦雄的像，她一段一段告诉我，他被害的情状和死时的慷慨从容。我才知道梦雄第二次革命，是不满意破坏人民幸福、利益的现代军阀。他虽然壮志未酬身先死，但有一日后继者完成他的工作时，他仍不是失败的英雄。他的遗嘱便是让珊姐好好地教养他的儿子，将来承继他的未完之志去发扬光大，以填补他自己此生的遗憾！

自从听见了珊姐的叙述后，不知怎样，我阴霾包围的心情中忽然发现了一道白彩；我依稀看见梦雄骑马举鞭指着一条路径，这路径中我又仿佛望见我已陨落的希望之星的旧址上，重新发射出一种光芒！这光芒复燃起我烬余的火花，刹那间我由这个世界踏入另一世界，一种如焚的热情在我胸头缭绕着——燃烧着！

白云庵

天天这时候，我和父亲去白云庵。那庵建在城东的山阜上，四周都栽着苍蔚的松树，我最爱一种披头松，像一把伞形，听父亲说这是明朝的树了。山阜下环绕着一道河水，河岸上都栽着垂杨，白巉巉的大小山石都堆集在岸旁，被水冲击得成了一种极自然美的塑形。石洞岩孔中都生满了茸茸的细草，黄昏时有田蛙的跳舞和草虫的唱歌消散安慰妇人们、农工们一天的劳苦，还有多少有趣的故事和新闻产生在这绿荫下的茶棚。

大道上远望白云庵像一顶翡翠的皇冠，走近了，碧绿丛中露出一角红墙，在烟雾白云间，真恍如神仙福地！庵主是和父亲很好的朋友，据说他是因为中年屡遭不幸，看破了尘世，遂来到这里，在那破庙塌成瓦砾的废址上结建了一座草庵。他并不学道参禅，他是遁潜在这山窟里著述他一生的经历，到底他写的是什么，我未曾看见，问父亲，也不甚了解；只知道他是撰著着一部在他视为很重要的著述。

早晨起一直到黄昏，他的庵门紧闭着，无论谁他都不招待、不接见。每天到太阳沉落在山后，余霞散洒在松林中像一片绯纱时，他才开了庵门独自站在岩石上，望着闲云，听着松啸，默默地很深郁地沉思着。这时候我常随侍着父亲走上山去，到松林里散步乘凉，逢见他时，我总很恭敬地喊一声"刘伯伯"。慢慢成了一种惯例，黄昏时父亲总带着我去白云庵，他也渐渐把我们看作很知己的朋友，有时在他那种冷冰如霜雪的脸上，也和晚霞夕照般微露出一缕含情的惨笑！

父亲和他谈话时，我拿着一本书倚在松根上静静地听着，他不多说话，父亲和他谈到近来南北战事，革命党的内讧，和那些流血沙场的健儿，断头台畔的英雄，他只苍白着脸微微叹息！有时他很注意地听，有时他又觉厌烦，常紧皱着眉峰抬头望着飘去飘来的白云。我不知他是遗憾这世界的摒弃呢，还是欣慰这深山松林，白云草庵的幽静！久之我窥测出他的心境，逆料这烟云松涛中埋葬着一个悲愁的惨剧，这剧中主人翁自然是这位沉默寡言、行为怪僻的"刘伯伯"。

有一天父亲去了村里看我的叔祖母，我独自到松林里的石桌上读书，那时我望着将要归去的夕阳，有意留恋；我觉一个人对于她的青春和愿望也是和残阳一样，她将悄悄地逝去了不再回来，而遗留在人们心头的创痕。只是这日暮时刹那间渺茫的微感，想到这里我用自来水笔写了两行字在书上：

> 黄昏带去了我的愿望走进坟茔，
> 只剩下萋萋芳草是我青春之魂。

我握着笔还想写下去，忽然一阵悲酸萦绕着笔头，我放下了笔，让那一腔凄情深深沉没隐埋在心底。我不忍再揭开这伤心的黑幕，重认我投进那帏幕里的灵魂。这时我背后传来细碎的足音，沉重而迟缓，回过头来见是白云庵中的"刘伯伯"。我站起来。他问我父亲呢，我方回答着，他就坐在我对面的石凳上，俯首便看见我那墨水未干的两行字，他似乎感触着一种异样的针灸，马上便陷进深郁的沉思里。半天他抬头向我说："蕙侄，你小小年纪应该慧福双修，为什么写这样的悲哀消极的句子？"他严肃的面孔我真觉有点凛然了。这怎样解说呢！我只有不语。过了一会儿他深深地叹了口气，他又望着天边最后的余霞说："我们老年人总羡慕你们青年人的精神和幸福，人老了什么也不是，简直是一副储愁蓄恨的袋子，满装着的都是受尽人生折磨的残肢碎骨。我如今仿佛灯残烛尽，只留了最后的微光尚在摇晃，但是我依然扎挣着不愿把这千痕百洞的心境揭示给你们年轻人，蕙娃！像你有什么悲愁？何至于值得你这般消极？光明和幸福在前途等候着，你自前去迎接吧！上帝是愿意赐福给他可爱的儿女。"到了最后一句时他有点哽咽了，大概这深山草庵孤身寄栖的生活里，也满溢着他伤心的泪滴呢。这时云淡风清，暮色苍茫，他低了头若不胜其所负荷的悲愁，松涛像幽咽般冲破这沉静的深山，轻轻唤醒了他五十余年的旧梦。他由口袋里拿出他的烟斗，燃着缥缈的白烟中，他继续地告我他来到这里的情形，他说：

"蕙侄！我结庵避隐到这山上已经十年了，我以前四十余年的经过，是一段极英武悲艳的故事，今天你似乎已用钥匙开开我这秘密的心门，我也愿乘此良夜，大略告诉你我在人生舞台上扮演过的角色。

"三十年前我并不是这须发苍白的老翁，我是风流飘洒的美少年；我的祖父和父亲都是亡国盛朝的大臣，我是在富贵荣华的府邸中长大，我的故乡是杭州，我也并不姓刘，因为十年前我遭了一次极重要的案件，我才隐姓埋名逃避在这里。

"西子湖畔苏堤一带，那里有我不少的马蹄芳踪、帽影鞭痕，这是我童年欢乐的游地，也是我不幸的命运发轫之处。有一年秋天，我晚饭后到孤山去看红叶，骑着马由涌金门缘着湖堤缓辔游行，我在马上望见前面有一个淡青竹布衫、套着玄青背心的女郎，她右手提着一篮旧衣服向湖边去。我把鞭子一扬，马向前跑了几步，马的肚带忽然开了，我翻镫下马来扣时，那女郎已姗姗来到我面前了。她真是我命中的女魔，我微抬头便吃了一惊！觉眼前忽然换了一个世界，我恍如置身在广寒宫里，清明晶洁中她如同一朵淡白莲花！真是眉如春山微颦，眼似碧波清澈；我的亲眷中虽不少粉白黛绿，但是我从未曾看见过这样清秀幽美的女郎。当时把我的马收拾好，她已转到湖边去了，我不自禁地牵了马跟着她，她似乎觉得我是在看她，她只低了头在湖边浣衣，我不忍令她难堪，遂悄悄地骑了马走了。从此以后，我天天到这堤上来徘徊，但总没有再逢见她，慢慢这个影响也和梦中的画景一样，成了我灵台中供养着的一朵莲花。这一瞥中假如便结束了这段因缘，那未尝不是一个绮丽神仙的梦境。那知三个月之后，我从嫂嫂房里出来，逢见赵妈领着一个美丽的姑娘进了月亮门，走近了，她抬起头来，吓了我一跳！这是奇遇，你猜她是谁，她就是苏堤上逢见的浣衣女郎，她两腮猛然飞来两朵红云，我呆呆地站在走廊上。

"后来我问嫂嫂的丫头，才知道她是赵妈的女儿，名字叫'梅林'，那年她才十六岁。我的母亲喜欢她幽闲贞静，聪明伶俐，便留她在我家里住，不久我们便成了一对互相爱恋的小儿女，我那时十八岁。这当然是件不幸的事件，我们这样门第，无论如何不许我娶老妈子的女儿，我曾向我母亲说过，爱我的母亲只许我娶亲以后，可以收她做我的妾。我那时的思想遂被这件不幸的婚姻问题所激动，我便想当一个家庭革命者，先打破这贫富尊贱的阶级和门阀的观念。后来父亲听见这消息，生气极了，教训了我一顿，勒令母亲马上驱逐赵妈出去，自然，'梅林'也抱着这深沉的苦痛和耻辱出了我家的门。

"在她们没有走的前一天夜里，我和梅林在后门的河沿上逢见，她望着垂柳中的上弦月很愤怒地向我说：'少爷！我今天听太太房里的兰姑告我，说老爷昨天在上房里追问着我和少爷的事，他生气极了，大概明天就要我和我妈回去。少爷，这件事我现在不能说什么话，想当初我原不曾敢高攀少爷，是少爷你，再三地向我表示你对我的热感。我岂不知我是什么贫贱的人，哪敢承受你的爱情，也是你万般温柔来要求我的。如今，我凭空在你家闹了这个笑话，我虽贫贱，但我……唉！我家里也有三亲六故，朋友乡里，教我怎样回去见人呢？'她说着低了头呜呜地哭了！这真是晴天的霹雳！我那时还是个不知世故的小孩，我爱梅林纯粹是一腔天真烂漫的童心，一点不染尘俗的杂念，哪知人间偏有这些造作的桎梏来阻止束缚我们。我抚着她的肩说：'梅林！你不用着急，假若太太一定让你回去，你就暂时先回去，我总想法子来成全我们；如果我的家庭真是万分不叫我自由，那我也要想法子达到我们的目的，难道我一个男子不能由我自己的意志爱我所爱的人吗？不能由我自己的力量去救一个为我牺牲的女子吗？至于我的心，你当然相信我，任海枯石烂，天塌地崩，这颗爱你的心是和我的灵魂永远存在。梅林！我总不负你，你抬起头来看！我对着这未圆的月儿发誓：梅林我永不负你。'她抬起头来说：'少爷！从前的已经错了，难道我们还要错下去吗？我呢！原是很下贱的人，在你们眼底只是和奴婢一样的地位……至于说到深层的话，少爷，梅林没有那么大的福分，就是你愿意牺牲上你的高贵来低就我，我也绝不作那非分之想。谁叫我们是两个世界中的人，假如我是宦门小姐，或者你是农夫牧童，老天就圆满了我们的心了。假如少爷慈悲爱怜梅林，只要在你心里有一角珍藏梅林之处，就是我不幸死去，也无所憾！少爷，其他的梦想，愿我们待之来生吧！'

"她走后，我被父亲派到海宁去看生病的姑母，我回来便听见她们说梅林死了，说她回去后三天便投湖死了！当时我万分悲痛，万分忏悔，我天天骑着马仍到逢见她的苏堤上去徘徊凭吊，但这场噩梦除了给我心头留下创痕外，一切回忆，渺茫轻淡，恍如隔世。这样过了两年，我憔悴枯瘦得如一个活骷髅，那翩翩美丽的青春和幸福，都被这一个死的女郎遮蔽成阴森、惨淡、悲愁的黑影。因之我愤恨诅咒这社会和家庭，以及一切旧礼教的藩篱。于是我悄悄地离开家庭走了。

"戊戌政变时，我在京师大学堂，后来又到上海当报馆主笔，那时我已和家庭完全决裂，父亲和我的思想站在两极端不能通融，他是盛朝的耿耿忠心的大臣，我是谋为不轨的叛徒。太后临朝，光绪帝被囚于瀛台，康梁罢斥的时候，封闭报馆，严拿主笔，我和一个朋友逃到日本，那时我革命的热心更是拼我头颅，溅此鲜血而不顾。以我一个文弱书生，能这样奋斗，我自己的思想建筑在革命的程途上，这自然都是一个女子的力量，我爱敬的梅林姑娘。

"在日本晤孙文和宫崎寅藏，庚子那年我回国随着唐才常一般人，奔走于湘鄂长江、两粤闽浙间，后来在汉口被官兵破获，才常等廿余人均死。我那时幸免于难，又第二次逃到日本。不久联军入北京，太后挈光绪出走，父亲、母亲和全家都在北京被害，只剩了杭州家里老姨太养着的我的三弟。从此以后我湖海飘零，萧然一身，专心致志于革命事业者十余年，其间我曾逢见不少异国故乡的美婉女郎，她们也曾对我表示极热烈的愿望，但是我都含泪忍痛地拒绝了。因为我和梅林有海枯石烂永不相忘的誓言。

"我的少年期，埋葬了这一段悲惨的情史在我心底，以后我处处都是新创碰上我的旧创。在日本我逢见黄君璧女士，她是那时在东京最有名的中华女侠，她学医我学陆军，我们是天天见面肝胆相照的朋友，但是我心头有我的隐恨埋殡着，永不曾向她有超过朋友情谊的表示和要求。

"辛亥革命，我二次回国投身军界，转战南北，枪林弹雨中幸逃出这副残骸来。民国以后我实指望着革命是得到了真正的成功，哪知专制的帝王虽推倒，又出了不少的分省割据的都督将军，依然换汤不换药的是一种表面的改革。我觉悟了中国人的思想，根本还是和前一样，渐渐我和这般革命元勋、旧时同志发生了意见，我乃脱甲投戈又回到日本。袁氏称帝，那一般同志在日本重整旗鼓地预备挞伐，我也随着回来。这次我去向一个伟人抛掷炸弹，未中，我扮着乡人逃出北京，回到杭州看了看我的三弟和已经出嫁并生有子女的妹妹。这时我才觉着我漂泊生活，已如梦一般把我那青春幸福的时代逝去了。我那时候更凄楚地想到梅林，我独自去苏堤一带又追寻了一番我们廿年前的旧梦。她一个勇武柔美、霜雪凛然的女郎，激发我做了这许多轰轰烈烈的事业，但如今我独自在苏堤上，回想起来更增加我的悲痛！廿余年中我像怒潮狂焱，任忧愁腐蚀，任心灵燃烧，到如今灵焰成灰烬，热血化白云，我觉已站在上帝的面前，我和人间一切的愿望事业都撒手告别。宇宙本无由来，主持宰制之者唯我们的意欲情流；人生的欢乐，结果只留过去的悲哀；人生的期望，结果只是空谷的回音。这和巍峨的宫殿、峥嵘的宝塔一样，结果只是任疾风暴雨，摧残欺凌，什么美人唇边的微笑，英雄手中的宝刀，都是罪罚的象征，都是被梦来戏弄。地狱、死刑、暗杀，事业、爱人、金钱，在我的心底呵！从前都是热血的结晶，如今都化成苍白的流云飞上天边去了！"

他说到这里忽然站起来，用手向星月灿然的天空指着，他的血又重新沸腾了，苍白的月色下，我看他的脸却和刚才的晚霞一样红，颔下银须被晚风吹得在襟头飘拂着。

"蕙侄，你知道吧！我从前的雄心壮志，爱国热诚，革命思想，也和现在的青年们一样狂热呢！那时悬赏捕我的风声日紧一日，我也不能再振作我往日的雄心了，一切都和太阳下的融雪一样，我不能再扎挣支持上这孤独、悲哀、空虚的躯壳和无穷无穷的前途奋斗征战了！我遂肩行李云游到这山中。我爱这里有水涧瀑布，翠峦青峰。微雨和风、白云明月之下，我找了这一块干净土，把五十年雄心壮志，绮情蜜意都一齐深葬此山。任天下怎样鼎沸混乱，人民怎样流离痛苦，我不闻问了，我将深藏此深山松篁中，任白云飘过我的头顶。我老了，我的担子青年人已接过去了，我该休息了，整理完成这廿年中的日记后，我想可以寻梅林去了！只恐怕她还是青春美丽的少女之魂，而我已经是龙钟苍老的白头翁了！"他手里拿着烟斗，微仰着头望着松林中透露出的半弦月神，他心里又想起廿年前那夜的月色和梅林最后诀别的河畔蜜语。

　　我始终未曾打断他的话，这时我看他已不能再说什么了，我说：

　　"刘伯伯！人生的悲剧，都是生活和思想的矛盾所造成。理想和现实永远不能调和，人类的痛苦因之也永无休止。我们都在这不完善的社会中生活，处处现实和理想是在冲突，要解决这冲突的原因，自然只有革命，改变社会的生活和秩序。不过这不是几个人几十年就能成功的，尤其因为人生是流动的、进步的，今天改了明天也许就发现了毛病，还要再改，革了这个社会的命，几年后又须要革这革过的命。这样我们一生的精力只是一小点，光阴只是一刹那，自然我们幸福愿望便永远是个不能实现的梦了。一方面肉体受着切肤的压迫，一方面灵魂得不到理想中的安慰，达不到梦中的愿望，自然只有构一套悲剧了事。伯伯！你五十多岁了，也是一个时代的牺牲者，哪知我二十多岁也是一样做了时代的牺牲者！说句不怕伯伯笑话的话吧！我如今消极的思想，简直和你一样。虽然我是个平常的女孩儿，并不曾有过什么惊天动地的作为，建过什么爱国福民的事业，和伯伯似的倦勤退隐，不过近来我思想又变了，我自己虽然把人生已建在消极的归宿处——坟墓之上，但是我还是个青年。我不希望我为了自己的悲愁就这样悄悄死去的。我要另找一个新生命新生活来做我以后的事业。因之，我想替沉没浸淹在苦海中的民众，出一锄一犁的小气力，做点能拯救他们的工作，能为后来的青年人造个比较完善的环境安置他们。伯伯，假如你愿意，你便把你那副未卸肩的担子交付给我，我肩负上伯伯这副五十年湖海奔走，壮志如长虹的铁担。"

他听了我这一番话，冰森冷枯的脸上忽然露出浅浅的笑痕。他放下了烟斗，站起来伸过他那瘦枯如柴的手来握住我的右手，他说："蕙侄！二十年来我这是第一次得意！你这番话大大令我喜欢！你们青年，正该这样去才是光明正坦的大道，才可寻得幸福美满的人生。蜷伏在自己天鹅绒椅上哼哼悲愁，便不如痛痛快快去打倒，去破坏这使你悲愁的魔鬼。革命的动机有时虽因为是反抗自己的痛苦，但其结果却是大多数民众的福利，并不能计较到自己的福利。所以这并不是投机求利的事业，虽然为了追求光明幸福而去，但是这也是梦想，你不要因为失望便诅咒他，我从前曾有过这样错误思想，现在先告诉你。蕙侄，你去吧！你去用你的血去溅洒这枯寂的地球去吧！使她都生长成如你一样美丽的自由之花。我在这松林里日夜祷告你的成功，你接上这副铁担去吧！事完后你再来这里和我过这云烟山林的生活，我把我整理好的日记留给你。假如我不幸死去，蕙侄！我也无恨憾了，你已再造了我第二次的生命！"他说到这里，山下远远看见一盏红灯隐现在森林中，走近时原来是我家的仆人，母亲叫他燃着来接我的。我向刘伯伯说："天晚了，明天我再来和伯伯说。这样大概我行期要提早，也许这一星期便可动身。谢谢伯伯今天给我讲的故事，令我死灰复燃，壮志重生。"他望着我笑了！我遂和来人点着母亲的红灯下了山，归路上月色凄寒，回头望白云庵烟雾缭绕，松柏森森中似乎有许多火蜇飞舞，星花乱进，这是埋葬在这里的珠光剑气吧！

　　我默想着松林下桌旁的老英雄，他万想不到他和梅林的一番英雄儿女的侠骨柔情，四十年后还激动了一个久已消沉的女子。

匹马嘶风录

一

一切都决定了之后，黄昏时我又到葡萄园中静坐了一会儿，把许多往事都回忆了一番，将目前的情况也计划了一下，胸头除了哽酸外，也不觉怎样悲切。天边冉冉飘过的白云，我抬头望着她惨笑，愿残梦就这样醒来吧！

这小园是朝朝暮暮常来的地方，在这里也曾沉思过，也曾落泪过，然而今夜对之略无留恋之情，我心中汹涌的热血，将这些悲秋伤逝之感都湮没了。青天的云幕慢慢移去，露出了皎洁晶莹的上弦月，三五小星散落在四周，夜景清寂中，我今晚最后在这古城望月，明天这时也许已在漂泊的途程上了。

出了葡萄园闭上那木栅门，我又回头望了望，月儿一丝丝的银辉，射放在一棵棵的树林里，仿佛很甜蜜地吻着，满园的花草也都沉睡在月光中，低垂着慵懒的腰肢。我不知为什么，忽然这样痴迷如醉，像饮了浓醛一般。

远远听见犬吠声时，才独自回来。屋内凌乱极了，满地都是书籍和衣服，我望着它们真不知如何整理。呆呆地对灯光想了半天，才着手去收拾。先把信件旧稿整理了一下，这都是创痕，我也不忍揭视，把它们都收集在字纸篓中，拿到阶前点着火烧了。风吹着纸灰飘飞了满院，在烟气缭绕中映出件件分明的往事。把信烧完后，将这些书装在箱里，封上了号数，存在采之处。身边只剩下一个小箱，装着衣服和应用东西，一块毡子放在外边。其余零星什物都堆在墙角，赏给这里的用人们。

收拾完，已是夜里三点钟。

这次离开 P 城是秘密的，我谁也不让他们知道，免却许多纠缠。云生他要送我到 C 岛。顺路我去 G 城看看我的姑母。我们都是把生命付与事业的，所以云生对于我这次走又鼓励又留恋，但是我怎能不走，为了我们的工作。他和我一块儿去又不能，因为他在这里有很重要的职务，不能脱身。今天他同我在路上逢见亚芬后，他就问我："雪妹，假如你走后，我不幸在这里遇了险，你怎样呢？"我笑着说："不管你怎样，我也和亚芬对死了的天华一样。"他很黯然！我还笑着说："云哥，英雄点吧！我们事业成功后，一切的悲愁烦恼便都解决了。"

我忽然又想到碧茜，这次走前途茫茫，吉凶未卜，我和她总是多年相知，虽然这回做得怎样斩钉截铁，也该告诉她一声。我坐在案旁，披笺濡毫，写这封信：

　　碧茜：

　　　　这时月儿也许正抚吻着你的睡靥，在你梦中我倚在行装上写这个短笺向你告别。想多年相知的你，对我这次走自然也许是意中事而不觉惊奇。

五年来频遭不幸，巨创深痛中，含泪扎挣走上了这最后的途程，这是我的思想在残酷的磔刑下逬散出的火花，这火花呵！虽能焚毁那万恶社会的荆棘，但不能有所建白时也能用以自焚呢！但是朋友我只有不顾一切地去了。

此后我残余的生命便交给事业了。以我抛弃了这花园派小姐的生活，去向枪林弹雨中寻找一个流浪漂泊的人生。前途的黑暗惨淡我也早已料及，不过我是欢迎一切的毁灭去的，我并不畏惧那可怕的将来。当我欣然而去的时候，朋友，你也不必为我那不堪想到的命运悲哀吧！

碧茜！纸短情长，后会有期，再见呵，愿你文笔日健！

何雪樵

更柝声又响了，一声声在深夜里，令我这要远行的人听见更觉凄凉！拧熄了灯，月光照得屋里和白昼一样，我倚在行装上，静静地坐着，斑驳的树影在窗上摇曳，心潮的浪花打激在我的脑海里，不禁想到自己畸零的身世。三年前父母在 A 城，被土匪驱逐到山洞里，在里面燃着青椒，外面封住口，活活地熏死！去年哥哥又被流弹打死在铁道旁，现在还未找到尸身，只剩了一个叔父，三四年无音信，也不知流落何处。我自恨为什么生在这乱世，从小就受着残酷的蹂躏和践踏，直到现在弄得人亡家散，天涯孤身，每一念及，令我愤恨流涕，痛不欲生。如今，我更去那远道漂泊，肩负那毁灭一切的使命去了，但是我不能扎挣时，想到自己的前尘不更觉这样扎挣是罪恶吗？

毕业后到 F 城逢见云生，那时他正从海外回国，四处寻找同志，预备组织一个团体，我们经朋友的介绍便认识了。他沉静寡言秉性敏慧，文字交五载。他不仅是我的良友而且是我的严师，我遭了几次的不幸，都是他竭尽心力地帮助我、安慰我。我何尝不知他迂回婉转的心曲，但是我千疮百洞的残躯，又怎忍令云生为我牺牲他前途的快乐和幸福呢？

云山迷漫中，我爱天边的虹桥，然而虹桥永不能建在地上，愿云生就是我心中的虹桥吧！我怎能说爱他。

二

昨夜倚着行装不知何时睡去，醒来窗前已露鱼白色，晨鸡喔喔地叫了，破晓的角声从远处悲沉地吹起。我翻身起来草草梳洗后，遂到前院去寻见赵竹君，我告诉她要去 G 城看姑母，也许要住几天须得请人代课的话。她一一都答应了，送我到门口上了车，太阳出来，红霞迷漫树梢时我已到了车站了。云生已和采之在等着我，此外还有许多同志来送行。七时车开，采之笑着说："云生好好地护送雪樵一程，希望雪樵常常有信给我们。"我和云生立在车窗前边和送行的人们笑说："再见。"一霎时便看不见这庄严苍老的古都，一片弥绿都是一望无际的春郊。云生坐在我的对面笑了！我问他笑什么，他说："我笑你的行色呢！"我也笑了，然而这欢笑的幕后便是悲哀，想到眼前暂聚久别的情境，又不禁泫然！

一路上云生告诉我许多的风景和他往日的生活，沿途颇不寂寞，我一点没有想到这次旅行的苦楚和将来置生命于危险的悲戚。

到了 C 城下了车，云生去看他的朋友，我去看姑母。惠和表妹见我来了，喜欢得她跳出跳进地给我预备午餐，收拾房屋。我不敢向姑母说别的话，我只说有点事去 C 岛。姑母要我多住几天，我因为云生不能久待，所以在第二天的早晨遂乘车向 C 岛去。

午后到了 C 岛，我们住在大东旅舍，云生心里似乎极不高兴，常独自长吁！我也明知道他心中的烦恼，但是我该怎样安慰他呢？我们终须要撒手分离的。在餐后这里的分部开会，在那里逢见从前的同学王学敬，她预备和我一块儿去 A 埠，这也好，省得路上寂寞。

开完会回到旅社已黄昏了，明晨云生就要回 P 城去，晚饭后他要我去海边玩。

C 岛的街市，清静的宛如一座公园，这时正是春天，路旁的松柏都发出青翠的苞芽，柳条嫩黄的鲜艳，风过处一阵阵芬芳的草香，沁人如醉。我和云生顺路进了外国坟茔的园门，那里边苍松翠柏，花红草碧；汉白玉的塑像、大理石的墓碑、十字架，都很幽静地峙立着，这都是些异国漂泊的孤魂，战士忠勇的英灵。我坐在石头上，云生伏在碑上，他的面色很苍白，背过脸去似乎在暗暗咽泪！我也默望松林中夕阳残照余晖沉思。这垒垒芳冢都是不相识者，我们哀悼谁呢，这只有上天知道。

出了坟茔的门向海边去，正是月圆时候，一轮皎洁的明月照得这宇宙像水晶世界，静悄悄地海边只听见低微的涛语，像夜莺哀啼、嫠妇鸣咽一样的悲幽凄凉！我们缘着沙岸走，那黑影高耸，斜上去的土阜便是炮台旧址。这时海风滔滔，海雾蒙蒙，月光下冲激的浪花和烂银一般推涌着，一波过去，一波又来，真是苍天碧海，一望无际。我忽然觉着自己太渺小了，对着这苍茫的大海不禁微有所感。想我这孤苦伶仃、湖海飘零的弱女子，在这样地狱般的人间扎挣着，也许这里便是我二十年来最后奋斗的坟墓了，又何必到异乡建设什么事业去！云生见我这样驻了足呆想，他低声问我："雪妹！你怎么了，冷吗？"说着便把我的大衣递过来。我穿上后他给我扣好了扣，扶着我的肩说："不许你现在想心思，有心思明天我走了你再想吧！我们聚时无多，后会难知，在这样伟大雄壮的大海边，冷静凄悲的月夜下，我就借天上的星月当蜡烛，地上的青草当桌子，我们把带来的这瓶酒喝完。我拣这个地方来给你饯别，虽然简陋，但也还别致吧！良会难再，明天此时怕我和你已撒手分道在天涯海角了！唉！碧海青天无限路，更知何日重逢君……"他说到这里已哽咽不能成声。风声涛语中夹着云生这悲壮的别辞，猛然抖起我心头的旧恨新愁，禁不住地倚着云生悄悄地咽泪！月儿照着这一对将离的人影，似不忍见这黯然惜别的情况，她也姗姗地躲进了云幕，宇宙顿现了灰暗之象。

夜深了，他和我又向前走了几步，拣了一块干燥点的沙岸坐下。这时云散月霁，波平浪静，云生将酒瓶打开，我把姑母昨天给我的熏鸡撕着就这样邀明月对苍海地痛饮起来。

喝了几杯后，我似乎有点醉了，我对着这无际苍茫的大海、一清如洗的明月和云生说："云哥！我此去好像断线的风筝，也不知停栖何处，大概是风晨月夕、枪林弹雨、黄沙碧血中匹马嘶风地驰骋着！如今，我把生命完全付给事业，我现在除了自己外，举目无亲、别无系恋，像我这样的命运和遭际，我个人的幸福快乐此生是无望了。我也不再希冀什么，只求我们的事业成功吧。云哥！你也是热血的青年，忠诚的同志，我们此后便这样努力好了。目前呢，都是不如意的世界，我们不去牺牲谁去牺牲呢？你不要太儿女情长、英雄气短。我们多年好友，彼此相知，我这样畸零孤苦的境遇，蒙你鼓励劝勉才有今日，不然我早随着父母的幽灵在地下了。你看！前面是四无边际的大海，后面是崇峦如笏的高山，星光灿烂、明月皎洁，这时候这宇宙是我们统治着，这般良辰美景，我们在此叙别，又悲壮又绮丽，你还不喜欢吗？我们的生命虽然常在风波之中，但也不见得真个后会无期。云哥！我们饮尽此杯！"我喝完时便把那个盛着半盏葡萄酒的杯子投入大海，月光下碧海中打了一个螺旋的波纹，那杯子已滴溜溜沉下去了。他勉强苦笑着道："何必呢！不过也好，就在今夜深埋在这海中吧，那杯子便算我们的坟墓。"

海风起了，海里鼓涌着的波浪渐渐冲到我们坐着的河岸上来，我和云生站起来，抬头望那一轮圆月又高又小，涛声正凄凄咽咽，似叙说我们心头的惆怅！我向云生说："回去吧！人间没有不散的筵席，只是今天的别宴太好了，这令我永不能忘。"他没有说什么话，走了几步忽然又回去，把那个酒瓶也投入大海，海面上依然起了一个水泡。

三

今天刚起来打开窗户，茶房便进来了，他手里拿着一封信道："吴先生已经走了，这封信他教我交给您。"我急忙打开来，上边写的是：

雪樵：

　　你也许要怪我不辞而别，不过请你原谅我！我不愿明天再看见你了，见了你时怕我更要比今夜还不英雄呢！我知道你现在已经睡了，但是这样明月，这样静夜，我无论如何这凄楚的心情不能宁帖，教我如何能睡。今夜海边的别宴，太悲壮了，也太哀艳了，可惜我不是诗人，不是画家，不能把那样美丽雄壮之景，缠绵婉转之情描写出。雪妹，我们离别这并不是初次，这漂浪无定的行踪，才是我们的本色，我何至于那样一说别离就怯懦呢！不过连我自己都莫名其妙，常怕你这次远道去后，我们就后会无期了。

　　学敬的哥哥敏文在 C 城，我已写信去了，你到了那里他自然能招呼你，这次走有学敬伴你到A埠，一路上我也可放心了。有机会我这里能脱身时，我就去找你，愿你忘掉一切的过去，努力开辟那光明灿烂的将来。谁都是现社会桎梏下的呻吟者，我们忍着耐着，叹气唉声地去了一生呢，还是积极起来粉碎这些桎梏呢？我和你都是由巨创深痛中扎挣起来的人，因悲愤而失望，便走了消极不抵抗的路，被悲愤而激怒，来担当破坏悲哀原因的事业，就成了奋斗的人了。雪妹！你此去万里途程、力量无限，我遥远地为我敬爱的人祷祝着！

至于我，我当效忠于我的事业。我生命中是有两个世界的：一个世界是属于你的，愿把我的灵魂做你座下永禁的俘虏；另一个世界我不属于你，也不属于我自己，我只是历史使命中的一个走卒。我侪生活日在风波之中，不能安定，自然免不了两地悬念，因之我盼望你常有信来，我的行踪比你固定，你有了一定驻足处即寄信来告我。

雪妹！千言万语我不知从何处说起，也不知该如何结束。东方已现鱼肚色，晨曦也快照临了，我就此在你梦中告别吧！雪妹，"一点墨痕千点泪，看恋笺都渍殷红色，数虬箭，四更彻"。这正是替我现时写照呢！再见吧，我们此后只有梦中相会！

吴云生

我看完后喉头如哽，眼泪扑簌簌地流下来，把信纸都湿透了，这时我才感到自己孤身在旅途中的悲哀！想这几年假使不是云生这样爱护我安慰我、勉励我，怕我已不能挣扎到现在。如今我离开他了，此去前途茫茫，孤身长征，怎能咽下这一路深痛的别恨。但转念一想，我既走上了这条路，哪能为了儿女私情阻碍我的前途，我提起了理智的慧剑斩断了这缠绵惜别的情丝。

吃完早点，我给云生写了封信。正预备出门时学敬来了，她说船票已都买好，明天上午八时开船，她的事情都办清楚了，让我今天就到她家去，明天一块儿上船。

翌晨八时，我已和学敬上了船。船开后她有点晕船，我还能扎挣着，睡在床上看小说。黄昏时我到船头上看海中的落日，和玛瑙球一样，照得船栏和人间都一色绯红。我默倚着船栏看那船头涌起的浪花，落下便散作白沫，霎时白沫也归于无处寻觅。我旁边站着一个老人须发苍白，看去约有七十多了；我看他时他似乎觉着了，抬起头来和我笑了笑，问我去哪里，我告诉他去 A 埠，后来我就和他攀谈起来。他姓王，和小孩一样处处喜欢发问，并且很高兴地告我他过去四十年经商的阅略。他的见解很年轻，绝不像个老年人，而且他很爱国，他愿看到有一日中国的旗插在香港山巅上。这更是一般主张无抵抗主义——投降主义的学者们所望尘莫及了。

回到舱内，学敬睡着了，隔壁有人在唱，我心情也十分凄楚不能睡着，回想一切真如春梦，遗留在我心底的只是浅浅的痕迹，和水泡起灭一样的虚幻，什么人生的折磨，事业的浮沉，谁是成功，谁是失败，都如波浪、水泡一样，渺茫如梦。这时风起了，波浪涌击着舱窗，又扑的一声落下，飞溅起无数的银花，船更颠簸了，这宛如我的生命之海呢！

远远我似乎听见云哥唱歌的声音，声音近了，我看见云哥走近我的床来，我张手去迎他，忽然见他鲜血满身！我吓得叫了一声，惊醒后哪里有云哥的影子，想想才知是梦。但是这梦太可怕了，我的心惊颤着！我跪在床上祷告！上帝！愿你保佑他，我唯一的生命之魂影！

我伏在床上哭了！这一只大船，黑夜里正在波涛中冲冲扎挣着前进！

四

到了Ａ埠，见着敏文，是学敬的二哥，他领我到他家去住，许多旧友都来看我，他们见我能这样抛弃了旧日安乐的生活，投向这个环境中来，自然都异常欢迎！在他们这种热烈的空气中，我才懊悔来晚了。一切的烦恼桎梏都落在我的足下，我的勇气真能匹马单骑沙场杀敌！

在这里又逢见三年未见的琦如，他预备和我去Ｃ城。第三日我们遂离Ａ埠。海道走了三天，琦如和我谈这几年漂泊的生活，人生的变化，在路上还不寂寞。到了Ｃ城，这里正是战区，军队已开走了，三四天内还要出发大队。我和琦如见了学敬的大哥敏慧，他说云生来信他已收到了，问我愿意在哪部做工作，我说要去前敌，他说去前敌就是宣传队和红十字会救护队，救护要有点医学研究的才能去呢！我道："做看护还可以，我们因为'五卅事件'发生后，学校里曾组织过救护班，而且我们还到过医院实习过。缚缚绷布总能会呢！"他们都笑了！

第二天敏慧同我到医院找王怀馨，她是日本毕业的，回国后便在Ｃ城服务，在东京时和云生他们都认识。她顾长的身腰，凤眼柳眉，穿着军装，站在我面前真是英气凛然，令人起敬！她告我说，救护队分两种，一种是留在Ｃ城医院救济运回的伤兵，一种是随军临时救护，问我愿意做哪一种。我说去从军。她道："那更好了，这次出发一共去一百人，你就准备吧！队长是黄梦兰，她从前在Ｐ城念书，也许你们认识的，我令人请她来介绍一下。"一会儿工夫梦兰来了，似曾相识，她握着我手说："欢迎我们的新同志。"我们都笑了！

在这里住了三天，一切都准备好了，我早已换上军装，她们都说是很漂亮呢！明天就出发，这时我们真热闹，领干粮、领雨衣、领手枪、领子弹，其余便是我们的药品袋和救护器具。

到夜里她们都睡了，我给云生写了封长信，告诉他昨天我就出发的消息和我近来的生活，别的话都没敢写，我让他写信时寄C城王怀馨转我。到了这里不知为什么，心中一切的烦恼都消失了，只是热血沸腾着想到前线去，尝尝这沙场歼敌是什么滋味！

天还黑着我们就起来了，结束停当后我们先到集合场去，这时晨雾微起，四周的景物都有点模糊，房屋树林都隐约地藏在黎明的淡雾下。等到七点钟集合号响了，这时公共运动场上一排一排地集合了有三万多人，军乐悠扬中，我们出动了。街市上两旁都是欢迎我们的群众，当我们武装的救护队宣传队过去时，妇女们都高声地呐喊着，我们都挺着胸微笑了！火车开动时敏慧来看我，他又给了我一件工作，令我写点战场上的杂感给他编辑的《前锋周刊》。我和冯君毅坐在车窗边，他告我P城的消息很紧，云生久无信来，我真念他呢！

车道旁碧水长堤，稻田菜圃，一点都没有战云黯淡的情景，这样锦绣的山河，为什么一定要弄得乌烟瘴气、炮火迷漫呢？但是我们的军队是民众的慈航，为了歼灭和打倒民众之敌，我们不得不背起枪来。午餐便是随身带的干粮，不知为什么，我们大家吃起来，都觉着十分香甜。这一车的同志们，英武活泼，看起来最低限的程度也是高小毕业，又都是志愿从军、经过训练的，自然较比那些用一个招兵旗帜拉来的无知识的丘八，不啻天渊之别。这样的军队不打胜仗我真不信呢！

第二天傍晚到了F镇，景象非常之惨淡，据云匪军刚刚退去，我们的前线在这里的已有五千人。下了火车我们整齐队伍走到龙王庙，一路的男女老少都出来看我们，而且惊奇地都低低地互相传说："还有女兵呢！"在他们无恐怖的面色上，我知道我们军队是和人民一体的。

到了龙王庙我们可以休息了，其余的军队是驻扎在附近的兵营里。我把身上的累赘东西放下后，就拉了梦兰到后边去看，走到殿上忽然看见神座下放着三四副棺材。梦兰走进去，她忽然叫起来，她告我说："有一个棺材板正蠕动呢！"我走近了看时，原来棺板未钉，外面还露着灰布的衣角。也许是听见我们说话的声音了，棺材内有微微喘息的声气，梦兰说："一定还没有死呢！我去叫人去打开看看。"我在殿上等着，少时她带了二个粗使的人来，让他们揭起棺板，里面原来迭放着两个死兵，上边的这一个脸伏在底下那个的胁间。把他提出来翻了个身，果然是个活人，面色虽苍白如纸，但还有呼吸！底下那个已死了，梦兰教他们重新把棺板钉好，一起连那几副棺都抬出去找个空地掩埋了。把那个未死的伤兵抬到前面去。给他灌了点药，检查后，他的伤在腰部，子弹还未拿出呢！于是我们设法取出加以医治。

在我军攻击F镇时，敌军伤兵太多，因无人救护就都活着掩埋了。这有棺材装着的大概还是官长吧！

翌晨黎明我们骑着马到离F镇三十里的T庄去，这一带便是前几天的战场。树木枝柯，被炮打击得七零八落，田中禾苗都践踏成平地；邻近乡村的房屋，十室九空，被流弹穿了许多焦洞，残垣断桥间，新添了许多凸起的新土，这都是无定河边骨，深闺梦里人。五年前，我的故乡、我的家园何尝不是这样的蹂躏，在炮火声中把我多年卧病在床的祖母惊吓死！谁能料到呢？当年那样娇柔屠弱的小姐，如今也居然负枪荷弹，匹马嘶风驰驱于战场之上，来凭吊这残余的劫后呢！

在马上我又想起云生，假使他这时和我鸾铃并骑，双枪杀敌，这是多么勇武而痛快的事！如今别来将及一个月了，还未见他一字寄来，我心惊颤极了，他在P城好像在虎狼齿缝间求生活，危险时时就在眼前！

正午时前线有消息来，说敌军败溃 B 山，T 庄全在我军手里了。那时我正给一个伤兵敷药，听见（消息）后他抬起头来和我笑了笑，表示他牺牲得光荣。

五

今天下午我们便去 T 庄驻防，缘途情状惨极了，黄沙碧血，横尸遍野；田畔的道路上，满弃着灰色制服、破草鞋、水壶、饭盒，狼藉黯淡真不忍睹。到了那里他们已给我们找好地点，军队在野外扎着帐篷。宣传队男男女女正在街市上讲演呢！

黄昏时我约了文惠骑着马去街市上看看，走到一家门口，忽然看见一堆人正在院里围着哭呢！喜动的文惠下了马跑进去看，我也只好随她进去，他们见我们追来，都不哭了，但还在抽咽着！文惠问："你们哭什么？我们的军队来嘈扰你们吗？"一个老婆婆过来，擦眼抹泪地说："告诉你们也不要紧，唉！我们都是女人。我的两个女儿死了，不是好死的，是那可杀的土匪兵昨天弄死的。一个出嫁了，怀着七个月身孕，一个还未出嫁呢，才十二岁，刚才埋殡了。这时大女婿来了，我们说起来伤心地哭呢！"我们听了自然除了愤恨这残暴的兽行外，只好安慰这老婆婆几句。她见我们这情形慈悲，又抽咽着说："你们要早来一步，就救了她们了。这时已晚了。"这是什么世界，想当初我父母和哥哥的惨死，也都是这些土匪兵害的，恶魔们为了争地盘闹意见，雇上这般豺狼不如的动物四处去蹂躏残害老百姓，把个中国弄得阴森惨淡，连地狱都不如。

辞别了那伤心流泪的老婆婆，我们到征收局去看冯君毅，到了办公处见他们几个人都垂头丧气默无一言地坐着。顽皮的文惠说:"打了胜仗还不高兴,愁眉苦眼的干吗?"君毅叹了口气说:"这比败十几个仗的损失都大呢,真是我们的厄运。"我莫名其妙地问:"到底是什么事,这样吞吞吐吐?"君毅说:"敏慧刚才由 C 城来一密电,说 P 城的同志都被捕去,三天之内将三十余人都绞死了!""云生和采之呢?"我很急地问。他不说话了,只是低着头垂泪!我已经知道这不幸的噩耗终于来了!云生大概已成了断头台畔的英雄,但是我还在日夜祷祝盼望他的信呢!我觉得眼前忽然有许多金星向四边迸散,顿时,全宇宙都黑了,我的血都奔涌向脑海,我已冥然地失了知觉!

睁开眼醒来时,文惠和君毅、梦兰都站在我面前,我的身子是躺在办公处的沙发上,我勉强坐起来。君毅说:"雪樵!你自己要保重,又在军旅中一切都不方便,着急坏了怎么好,这样热的天气!这种事是不得已的牺牲,我们自然不愿他们死,他们的死,就是我们组织细胞的死。不过到不得不死时,我们也不能因为他们死就伤心颓毁起自己来。你不要太悲痛吧!雪樵,我们努力现在,总有一天大报了仇,这才是他们先亡烈士希望于我们未死者的事业呢!你千万听我的话!"梦兰和文惠也都含着泪劝我。我硬着心肠扎挣起来,一点都不露什么悲恸,我的脑筋也完全停滞了思想,只觉身子很轻,心很空洞。这时把我一腔热血,万里雄心马上都冰冷了!刚由巨创深痛中扎挣起来,我也想从此开辟一个境地,重新建筑起我的生命,哪知我刚跨上马走了几步就又陷入这无底的深洞!云哥!我只有沉没了,我只有沉没下去。

君毅们见我默默无言地坐着,知我心中凄酸已极!文惠她们和我回到宿处后,又劝了我一顿,我只低着头静听,连我自己都不知为什么这样恍惚,想到云生的死只是将信将疑。

晚餐时她们都去了大厅，我推说头痛睡在床上。等她们走了，我悄悄起来，背上我的枪，拿上我的日记，由走廊转到后院，马槽中牵了我那小白马，从后门出来。这时将近黄昏，景物非常模糊，夕阳懒懒地放射着最小的余晖，十分黯淡。我跨上马顺着大道跑去，凉风吹面，柳丝拂鬓，迎面一颗赤日烘托着晚霞暮霭，由松林中慢慢地落下，我望着彩云四散，日落深山，更觉惆怅！这和我的希望一样，我如今孤身单骑，彷徨哀泣，荒林古道已是日暮穷途。

我也不知去哪里，只任马跑去，一直跑到苍茫的云幕中，露出了一弯明月，马才停在一个村店的门口。看着小白马已跑得浑身是汗，张着嘴嘶喘！我也觉着口渴，下了马走进村店去，月光下见席篷下的板凳上坐着一个老者，正在打盹儿呢。我走近去唤醒他，他睁眼看见我这样子，吓得他站直了不敢动。我道："我是过路的，请你老给点水喝，并饮饮我的马。"他急忙说："那可以，那可以，请军爷坐下等一等。"回身到里面去了，不一会儿出来一个十二三岁的小孩提着水壶，拔着鞋，揉着眼，似乎刚醒来的样子。我也不管干净与否，拿起那黄瓷大碗喝了一碗。那老者手里执着个油灯出来，把灯放在石桌上回头又叫："三儿，你把马饮饮去！"三儿遂把马牵到水槽旁去。我由身上掏了一张票子给他，也不知是多少，我说："谢谢你老，这是茶钱。"翻身上马又顺着大道下去。

这时才如梦醒来，想到自己的疯狂和无聊。但这一气跑我心中似乎痛快，把我说不出来的苦痛烦恼都跑散了！这时我假如能有暴风在右手，洪水在左手，我一定一手用暴风吹破天上的暗云，一手将洪水冲去地上的恶魔！那时才解消我心头抑压的愤怒！

夜已深了，天空中星繁月冷，夜风凄寒，这仿佛一月前海边的情景又到眼底，怎忍想呢！云哥已是绞台上的英魂了，这时飘飘荡荡魂在何处呢？沉思着我的马又停住了。抬头看，原来一条大河横在眼前，在月下闪闪发着银光，静悄悄地只有深林幽啸，河水呜咽。我下了马，把它拴在一棵白杨上，我站在它旁边呆呆地望着河水出神。

后来我仰头向天惨笑了一声！把我的手枪握在右手，对着我的脑门扳着机，冷铁触着我时，浑身忽然打了一个寒噤，理智命令我的手软下来了。"我不能这样死，至少我也要打死几个敌人再死！这样消极者的自杀，是我的耻辱，假使我现在这样死了便该早死，何必又跑到这里来从军呢！我要扎挣起来干！给我惨死的云哥报仇！"我想如今最好乘这里深夜荒野，四无人烟，前是大河，后是森林，痛痛快快地哭哭云哥，此后我永不流泪了！我也再无泪可流。"露寒今夜无人问"，我只有自己扎挣了。拾起地下的手枪，解开我的马，我想归去吧！它似乎知道我的心思，走到我身边抬起头来望着我，我一腔悲酸涌上心头，不由得抱住它痛哭起来！

辑

二

肠断心碎泪成冰

　　如今已是午夜人静，望望窗外，天上只有孤清一弯新月，地上白茫茫满铺的都是雪，炉中残火已熄只剩了灰烬，屋里又冷静又阴森；这世界呵！是我肠断心碎的世界；这时候呵！是我低泣哀号的时候。禁不住地我想到天辛（注：天辛即高君宇的化名），我又想把它移到了纸上。墨冻了我用热泪融化，笔干了我用热泪温润，然而天呵！我的热泪为什么不能救活冢中的枯骨，不能唤回逝去的英魂呢？这懦弱无情的泪有什么用处？我真痛恨我自己，我真诅咒我自己。

　　这是两年前的事了。

　　出了德国医院的天辛，忽然又病了，这次不是吐血，是急性盲肠炎。病状很厉害，三天工夫他瘦得成了一把枯骨，只是眼珠转动，嘴唇开合，表明他还是一架有灵魂的躯壳。我不忍再见他，我见了他我只有落泪，他也不愿再见我，他见了我他也是只有咽泪；命运既已这样安排了，我们还能再说什么，只静待这黑的幕垂到地上时，他把灵魂交给了我，把躯壳交给了死！

　　星期三下午我去东交民巷看了他，便走了。那天下午兰辛和静弟送他到协和医院，院中人说要用手术割治，不然一两天一定会死！那时静弟也不在，他自己签了字要医院给他开刀，兰辛当时曾阻止他，恐怕他这久病的身躯禁受不住，但是他还笑兰辛胆小，决定后，他便被抬到解剖室去开肚。开刀后，据兰辛告我，他精神很好。兰辛问他："要不要波微来看你？"他笑了笑说："他愿意来，来看看也好，不来也好，省得她又要难过！"兰辛当天打电话告我说，起始他愿我去看他，后来他又说我暂时不去也好——这时候他太疲倦虚弱了，禁不住再受刺激，过一两天等他好些再去吧！省得见了面都难过，于病人不大好。我自然知道他现在见了我是要难过的，我遂决定不去了。但是我心里总不平静，像遗失了什么东西一样，从家里又跑到红楼去找晶清；她也伴着我在自修室里转，我们谁都未曾想到他是已经快死了，应该在他未死前去看看他。到七点钟我回了家，心更慌了，连晚饭都没有吃便睡了。睡也睡不着，这时候我忽然热烈地想去看他，见了他我告诉他我知道忏悔了，只要他能不死，我什么都可以牺牲。心焦烦得像一个狂马，我似乎无力控羁它了。朦胧中我看见天辛穿着一套玄色西装，系着大红领结，右手拿着一枝梅花，含笑立在我面前，我叫了一声他的名字便醒了，原来是一梦。这时候夜已深了，揭开帐帷，看见月亮正照射在壁上一张祈祷的图上，现得阴森可怕极了，拧亮了电灯看看表正是两点钟，我不能睡了，我真想跑到医院去看看他到底怎么样！但是这三更半夜，在人们都睡熟的时候，我黑夜里怎能去看他呢！勉强想平静下自己汹涌的心情，然而不可能，在屋里走来走去，也不知想什么，最后跪在床边哭了。我把两臂向床里伸开，头埋在床上，我哽咽着低低地唤着母亲！

我一点都未想到这时候，是天辛的灵魂最后来向我告别的时候，也是他二十九年的生命之火最后闪烁的时候，也是他四五年中刻骨的相思最后完结的时候，也是他一生苦痛烦恼最后撒手的时候。我们这四五年来被玩弄、被宰割、被蹂躏的命运醒来原来是一梦，只是这拈花微笑的一梦呵！

自从这一夜后，我另辟了一个天地，这个天地中是充满了极美丽、极悲凄、极幽静、极哀惋的空虚。

翌晨八时，到学校给兰辛打电话未通，我在白屋的静寂中焦急着，似乎等着一个消息的来临。

十二点半钟，白屋的门砰的一声开了！进来的是谁呢？是从未曾来过我学校的晶清。她惨白的脸色，紧嚼着下唇，抖颤的声音都令我惊奇！半天才说出一句话是："菊姐有要事，请你去她那里。"我问她什么事，她又不痛快地告诉我，她只说："你去好了，去了自然知道。"午饭已开到桌上，我让她吃饭，她恨极了，催促我马上就走；那时我也奇怪为什么那样从容，昏乱中上了车，心跳得厉害，头似乎要炸裂！到了西河沿我回过头来问晶清："你告我实话，是不是天辛死了！"我是如何的希望她对我这话加以校正，哪知我一点回应都未得到，再看她时，她弱小的身躯蜷伏在车上，头埋在围巾里。一阵一阵风沙吹到我脸上，我晕了！到了骑河楼，晶清扶我下了车，走到菊姐门前，菊姐已迎出来，菊姐后面是云弟，菊姐见了我马上跑过来抱住我叫了一声"珠妹"！这时我已经证明天辛真的是死了，我扑到菊姐怀里叫了声"姊姊"便晕厥过去了。经她们再三地喊叫和救治，我才慢慢醒来，睁开眼看见屋里的人和东西时，我想起来天辛是真死了！这时我才放声大哭。他们自然也是一样咽着泪，流着泪！窗外的风呼呼地吹着，我们都肠断心碎地哀泣着。

这时候又来了几位天辛的朋友，他们说五点钟入殓，黄昏时须要把棺材送到庙里去；时候已快到，若要去医院就要早点去。我到了协和医院，一进接待室，便看见静弟，他看见我进来时，他跑到我身边站着哽咽地哭了！我不知说什么好，也不知该怎么样哭，号啕呢还是低泣，我只侧身望着豫王府富丽的建筑而发呆！坐在这里很久，他们总不让我进去看；后来云弟来告我，说医院想留天辛的尸体解剖，他们已回绝了，过一会儿便可进去看。

在这时候，我便请晶清同我到天辛住的地方，收拾我们的信件。踏进他的房子，我急跑了几步倒在他床上，回顾一周什物依然。三天前我来时他还睡在床上，谁能想到三天后我来这里收检他的遗物。记得那天黄昏我在床前喂他橘汁，他还能微笑地说声："谢谢你！"如今一切依然，微笑尚似恍如目前，然而他们都说他已经是死了，我只盼他也许是睡吧！我真不能睁眼，这房里处处都似乎现着他的影子，我在凌乱的什物中，一片一片撕碎这颗心！

晶清再三催我，我从床上扎挣起来，开了他的抽屉，里面已经清理好了，一束一束都是我寄给他的信；另外有一封是他得病那晚写给我的，内容、口吻都是遗书的语调。这封信的力量，才造成了我的这一生——这永久在忏悔哀痛中的一生。这封信我看完后，除了悲痛外，我更下了一个毁灭过去的决心，从此我才能将碎心捧献给忧伤而死的天辛。还有一封是寄给兰辛、菊姐、云弟的，寥寥数语，大意是说他又病了，怕这几日不能再见他们的话。读完后，我遍体如浸入冰湖，从指尖一直冷到心里：扶着桌子抚弄着这些信件而流泪！晶清在旁边再三让我镇静，要我勉强按压着悲哀，还要扎挣着去看他的尸体。

临走，晶清扶着我，走出了房门，我回头又仔细望望，我愿我的泪落在这门前留一个很深的痕迹。这块地是他碎心埋情的地方。这里深深陷进去的，便是这宇宙中，天长地久永深的缺陷。

回到豫王府，殓衣已预备好，他们领我到冰室去看他。转了几个弯便到了，一推门一股冷气迎面扑来，我打了一个寒战！一块白色的木板上，放着他已僵冷的尸体，遍身都用白布裹着，鼻耳口都塞着棉花。我急走了几步到他的尸前，菊姐在后面拉住我，还是云弟说："不要紧，你让她看好了。"他面目无大变，只是如蜡一样惨白，右眼闭了，左眼还微睁着看我。我抚着他的尸体默祷，求他瞑目而终，世界上我知道他再没有什么要求和愿望了。我仔细地看他的尸体，看他惨白的嘴唇，看他无光而开展的左眼，最后我又注视他左手食指上的象牙戒指；这时候，我的心似乎和沙乐美得到了先知约翰的头颅一样。我一直极庄严神肃地站着，其他的人也是都静悄悄地低头站在后面，宇宙这时是极寂静、极美丽、极惨淡、极悲哀！

最后的一幕

　　人生骑着灰色马和日月齐驰，在尘落沙飞的时候，除了几点依稀可辨的蹄痕外，还遗留下什么？如我这样整天整夜地在车轮上回旋，经过荒野，经过闹市，经过古庙，经过小溪；但那鸿飞一掠的残影又遗留在哪里？在这万象变幻的世界，在这表演一切的人间，我听着哭声笑声歌声琴声，看着老的少的俊的丑的，都感到了疲倦。因之我在众人兴高采烈、沉迷醺醉、花香月圆时候，常愿悄悄地退出这妃色幕帏的人间，回到我那凄枯冷寂的另一世界。那里有唯一指导我、呼唤我的朋友，是谁呢？便是我认识了的生命。

　　朋友们！我愿你们仔细咀嚼一下，那盛筵散后，人影凌乱，杯盘狼藉的滋味；绮梦醒来，人去楼空，香渺影远的滋味；禁得住你不深深地呼一口气，禁得住你不流泪吗？我自己常怨恨我愚傻——或是聪明，将世界的现在和未来都分析成只有秋风枯叶，只有荒冢白骨；虽然是花开红紫，叶浮碧翠，人当红颜，景当美丽时候。我是愈想超脱，愈自沉溺，愈要撒手，愈自系恋的人，我的烦恼便绞锁在这不能解脱的矛盾中。

今天一个人在深夜走过街头，每家都悄悄紧闭着双扉，就连狗都蜷伏在墙根或是门口酣睡，一切都停止了活动归入死寂。我驱车经过桥梁，望着护城河两岸垂柳，一条碧水，星月灿然照着，景致非常幽静。我想起去年秋天天辛和我站在这里望月，恍如目前的情形而人天已隔，我不自禁的热泪又流到腮上。

　　"珠！什么时候你的泪才流完呢？"这是他将死的前两天问我的一句话。这时我仿佛余音犹缭绕耳畔，我知他遗憾的不是他的死，却是我的泪！他的坟头在雨后忽然新生了一株秀丽的草，也许那是他的魂，也许那是我泪的结晶！

　　我最怕星期三，今天偏巧又是天辛死后第十五周的星期三。星期三是我和辛最后一面，他把人间一切的苦痛烦恼都交付给我的一天。唉！上帝！容我在这明月下忏悔吧！十五周前的星期三，我正伏在我那形消骨立、枯瘦如柴的朋友床前流泪！他的病我相信能死，但我想到他死时又觉着不会死。可怜我的泪滴在他炽热的胸膛时，他那深凹的眼中也涌出将尽的残泪，他紧嚼着下唇握着我的手抖颤，半天他才说：

　　"珠！什么时候你的泪才流完呢！"

　　我听见这话更加哽咽了，哭得抬不起头来，他掉过头去不忍看我，只深深地将头埋在枕下。后来我扶起他来，喂了点橘汁，他睡下后说了声："珠！我谢谢你这数月来的看护……"底下的话他再也说不出来，只瞪着两个凹陷的眼望着我。那时我真觉怕他，浑身都出着冷汗。我的良心似乎已轻轻拨开了云翳，我跪在他病榻前最后向他说："辛，你假如仅仅是承受我的心时，现在我将我这颗心双手献在你面前，我愿它永久用你的鲜血滋养，用你的热泪灌溉。辛，你真的爱我时，我知道你也能完成我的主义，因之我也愿你为了我牺牲，从此后我为了爱独身的，你也为了爱独身。"

他抬起头来紧握住我手说：

"珠！放心。我原谅你，至死我也能了解你，我不原谅时我不会这样缠绵地爱你了。但是，珠！一颗心的颁赐，不是病和死可以换来的，我也不肯用病和死，换你那颗本不愿给的心。我现在并不希望得你的怜恤同情，我只让你知道世界上有我是最敬爱你的，我自己呢，也曾爱过一个值得我敬爱的你。珠！我就是死后，我也是敬爱你的，你放心！"

他说话时很（有）勇气，像对着千万人演说时的气概，我自然不能再说什么话，只默默地低着头垂泪！

这时候一个俄国少年进来，很诚恳地半跪着在他枯蜡似的手背上吻了吻，掉头他向我默望了几眼，辛没有说话只向他惨笑了一下。他向我低低说："小姐！我祝福他病愈。"说着带上帽子匆匆忙忙地去了。

这时他的腹部又绞痛得厉害，在床上滚来滚去地呻吟，脸上苍白得可怕。我非常焦急，去叫他弟弟的差人还未见回来，叫人去打电话请兰辛也不见回话，那时我简直呆了，只静静地握着他焦炽如焚的手垂泪！过一会儿弟弟来了，他也没有和他多说话只告他腹疼得厉害。我坐在椅子上面开开抽屉无聊地乱翻，看见上星期五的他那封家书，我又从头看了一遍。他忽掉头向我说：

"珠！真的我忘记告你了，你把它们拿去好了，省得你再来一次检收。"

我听他话真难受，但怎样也想不到星期五果然去检收他的遗书。他也真忍心在他决定要死的时候，亲口和我说这些诀别的话！那时我总想他在几次大病的心情下，不免要这样想，但未料到这就是最后的一幕了。我告诉静弟送他进院的手续，因为学校下午开校务会我须出席，因之我站在他床前说了声："辛！你不用焦急，我已告诉静弟马上送你到协和去，学校开会我须去一趟，有空我就去看你。"那时我真忍心，也没有再回头看看他就走了，假如我回头看他时，我一定能看见他对我末次目送的惨景……

呵！这时候由天上轻轻垂下这最后的一幕！

他进院之后兰辛打电话给我，说是急性盲肠炎已开肚了。开肚最后的决定，兰辛还有点踌躇，他笑着拿过笔自己签了字，还说："开肚怕什么？你也这样脑筋旧。"兰辛怕我见了他再哭，令他又难过，因之他说过一二天再来看他。哪知就在兰辛打电话给我的那晚上就死了！

死时候没有一个人在他面前，可想他死时候的悲惨！他虽然没有什么不放心在这世界上，没有什么留恋在这世界上；但是假如我在他面前或者兰辛在他面前时，他总可瞑目而终，不至于让他睁着眼等着我们。

象牙戒指

　　记得那是一个枫叶如茶，黄花含笑的深秋天气，我约了晶清去雨华春吃螃蟹。晶清喜欢喝几杯酒，其实并不大量，仅不过想效颦一下诗人名士的狂放。雪白的桌布上陈列着黄赭色的螃蟹，玻璃杯里斟满了玫瑰酒。晶清坐在我的对面，一句话也不说，一杯杯喝着，似乎还未曾浇洒了她心中的块垒。我擎着杯望着窗外，驰想到桃花潭畔的母亲。正沉思着，忽然眼前现出茫洋的大海，海上漂着一只船，船头站着激昂慷慨，愿血染了头颅誓志为主义努力的英雄！

　　在我神思飞越的时候，晶清已微醉了。她两腮的红采，正照映着天边的晚霞；一双惺忪似初醒时的眼，注视着我擎着酒杯的手。我笑着问她：

　　"晶清！你真醉了吗？为什么总看着我的酒杯呢！"

　　"我不醉，我问你什么时候带上那个戒指，是谁给你的？"

　　她很郑重地问我。

　　本来是件极微小的事吧！但经她这样正式地质问，反而令我不好开口，我低了头望着杯里血红激滟的美酒，呆呆地不语。晶清似乎看出我的隐衷，她又问我道：

"我知道是辛寄给你的吧！不过为什么他偏要给你这样惨白枯冷的东西？"

我听了她这几句话后，眼前似乎轻掠过一个黑影，顿时觉着桌上的杯盘都旋转起来，眼光里射出无数的银线。我晕了，晕倒在桌子旁边！晶清急忙跑到我身边扶着我。过了几分钟我神经似乎复原，我抬起头又斟了一杯酒喝了，我向晶清说：

"真的醉了！"

"你不要难受，告诉我你心里的烦恼，今天你一来我就看见你带了这个戒指，我就想一定有来由，不然你决不带这些装饰品的，尤其这样惨白枯冷的东西。波微！你可能允许我脱掉它，我不愿意你带着它。"

"不能，晶清！我已经带了它三天了，我已经决定带着它和我的灵魂同在，原谅我朋友！我不能脱掉它。"她的脸渐渐变成惨白，失去了那酒后的红采，眼里包含着真诚的同情，令我更感到凄伤！她为谁呢！她确是为了我，为了我一个光华灿烂的命运，轻轻地束在这惨白枯冷的环内。

天已晚了，我遂和晶清回到学校。我把天辛寄来象牙戒指的那封信给她看，信是这样写的：

……我虽无力使海上无浪，但是经你正式决定了我们命运之后，我很相信这波涛山立狂风统治了的心海，总有一天风平浪静，不管这是在千百年后，或者就是这握笔的即刻；我们只有候平静来临，死寂来临，假如这是我们所希望的。容易丢去了的，便是兢兢然恋守着的；愿我们的友谊也和双手一样，可以紧紧握着的，也可以轻轻放开。宇宙作如斯观，我们便毫无痛苦，且可与宇宙同在。

双十节商团袭击，我手曾受微伤。不知是幸呢还是不幸，流弹洞穿了汽车的玻璃，而我能坐在车里不死！这里我还留着几块碎玻璃，见你时赠你做个纪念。昨天我忽然很早起来跑到店里购了两个象牙戒指；一个大点的我自己带在手上，一个小点的我寄给你，愿你承受了它。或许你不忍吧！再令它如红叶一样的命运。愿我们用"白"来纪念这枯骨般死静的生命。……

晶清看完这信以后，她虽未曾再劝我脱掉它，但是她心里很难受，有时很高兴时，她触目我这戒指，会马上令她沉默无语。

这是天辛未来北京前一月的事。

他病在德国医院时，出院那天我曾给他照了一张躺在床上的像，两手抚胸，很明显地便是他右手那个象牙戒指。后来他死在协和医院，尸骸放在冰室里，我走进去看他的时候，第一触目的又是他右手上的象牙戒指。他是带着它一直走进了坟墓。

狂风暴雨之夜

该记得吧！泰戈尔到北京在城南公园雩坛见我们的那一天，那一天是（民国）十三年四月二十八号的下午，就是那夜我接到父亲的信，寥寥数语中，告诉我说道周死了！当时我无甚悲伤，只是半惊半疑地沉思着。第二天我才觉到难过，令我什么事都不能做。她那活泼的倩影，总是在我眼底心头缭绕着。第三天便从学校扶病回来，头疼吐血，遍体发现许多红斑，据医生说是猩红热。

我那时住在寄宿舍里院的一间破书斋，房门口有株大槐树，还有一个长满茅草荒废倾斜的古亭。有月亮的时候，这里别有一种描画不出的幽景。不幸扎挣在旅途上的我，便倒卧在这荒斋中，一直病了四十多天。在这冷酷、黯淡、凄伤、荒凉的环境中，我在异乡漂泊的病榻上，默咽着人间一杯一杯的苦酒。那时我很愿因此病而撒手，去追踪我爱的道周。在病危时，连最后寄给家里，寄给朋友的遗书，都预备好放在枕边。病中有时晕迷，有时清醒，清醒时便想到许多人间的纠结；已记不清楚了，似乎那令我病的原因，并不仅仅是道周的死。

在这里看护我的起初有小苹，她赴沪后，只剩了一个女仆，幸好她对我很忠诚，像母亲一样抚慰我、招呼我。来看我的是晶清和天辛。自然还有许多别的朋友和同乡。病重的那几天，我每天要服三次药；有几次夜深了天辛跑到极远的街上去给我配药。在病中，像我这只身飘零在异乡的人，举目无亲、无人照管，能有这样忠诚的女仆、热心的朋友，真令我感激涕零了！虽然，我对于天辛还是旧日态度，我并不因感激他而增加我们的了解，消除了我们固有的隔膜。

有一天我病得很厉害，晕迷了三个钟头未曾醒，女仆打电话把天辛找来。那时正是黄昏时候，院里屋里都罩着一层淡灰的黑幕，沉寂中更现显得凄凉，更显得惨淡。我醒来，睁开眼，天辛跪在我的床前，双手握着我的手，垂他的头在床缘；我只看见他散乱的头发，我只觉他的热泪濡湿了我的手背。女仆手中执着一盏半明半暗的烛，照出她那悲愁恐惧的面庞站在我的床前，这时候，我才认识了真实的同情，不自禁的眼泪流到枕上。我掉转脸来，扶起天辛的头，我向他说："辛！你不要难受，我不会这容易就死去。"自从这一天，我忽然觉得天辛命运的悲惨和可怜，已是由他自己的祭献而交付与上帝，这哪能是我弱小的力量所能挽回。因此，我更害怕，我更回避，我是万不能承受他这颗不应给我而偏给我的心。

正这时候，他们这般人，不知怎样惹怒了一位国内的大军阀，下了密令指明地逮捕他们，天辛也是其中之一。因为我病，这事他并未先告我，我二十余天不看报，自然也得不到消息。

有一夜，我扎挣起来在灯下给家里写信，告诉母亲我曾有过点小病如今已好的消息。这时窗外正吹着狂风，震撼得这荒斋像大海汹涌中的小舟。树林里发出极响的啸声，我恐怖极了，想象着一切可怕的景象，觉着院外古亭里有无数的骷髅在狂风中舞蹈。少时，又增了许多点滴的声音，窗纸现出豆大的湿痕。我感到微寒，加了一件衣服，我想把这封信无论如何要写完。

抬头看钟正指到八点半。忽然听见沉重的履声和说话声，我惊奇地喊女仆。她推门进来，后边还跟着一个男子，我生气地责骂她，是谁何不通知就便引进来，她笑着说是"天辛先生"。我站起来细看，真是他，不过他是化装了，简直认不出是谁。我问他为什么装这样子，而且这时候狂风暴雨中跑来。他只苦笑着不理我。

半天他才告我杏坛已捕去了数人，他的住处现尚有游警队在等候着他。今夜是他冒了大险特别化装来告别我，今晚十一时他即乘火车逃逸。我病中骤然听见这消息，自然觉得突兀，而且这样狂风暴雨之夜，又来了这样奇异的来客。当时我心里很战栗恐怖，我的脸变成了苍白！他见我这样，竟强作出镇静的微笑，劝我不要怕，没要紧，他就是被捕去坐牢狱他也是不怕的，假如他怕就不做这项事业。

他要我珍重保养初痊的病体，并把我吃的西药的药单留给我自己去配。他又告我这次想乘机回家看看母亲，并解决他本身的纠葛。他的心很苦，他屡次想说点要令我了解他的话，但他总因我的冷淡而中止。他只是低了头叹气，我只是低了头咽泪，狂风暴雨中我和他是死一样的沉寂。

到了九点半，他站起身要走，我留他多坐坐。他由日记本中写了一个 Bovia 递给我，他说："我们以后通信因检查关系，我们彼此都另呼个名字；这个名字我最爱，所以赠给你，愿你永远保存着它。"这时我强咽着泪，送他出了屋门。他几次阻拦我，说病后的身躯要禁风雨，不准我出去，我只送他到了外间。我们都说了一句前途珍重努力的话，我一直望着他的顾影在黑暗的狂风暴雨中消失。

我大概不免受点风寒又病了一星期才起床。后来他来信，说到石家庄便病了，因为那夜他披淋了狂风暴雨。

　　如今，他是寂然地僵卧在野外荒冢。但每届狂风暴雨之夜，我便想起两年前荒斋中奇异的来客。

梦回寂寂残灯后

　　我真愿在天辛尸前多逗留一会儿，细细地默记他最后的容颜。我看看他，我又低头想想，想在他憔悴苍白的脸上，寻觅他二十余年在人间刻画下的残痕。谁也不知他深夜怎样辗转哀号地死去，死时是清醒，还是昏迷？谁也不知他最后怎样咽下那不忍不愿停息的呼吸？谁也不知他临死还有什么嘱托和言语？他悄悄地死在这冷森黯淡的病室中，只有浅绿的灯光、苍白的粉壁，听见他最后的呻吟，看见他和死神最后战斗的扎挣。

　　当我凝视他时，我想起前一星期在夜的深林中，他抖颤地说："我是生于孤零，死于孤零。"如今他的尸骸周围虽然围了不少哀悼涕泣的人，但是他何尝需要这些呢！即使我这颗心的祭献，在此时只是我自己忏悔的表示，对于魂去渺茫的他又有何补益？记得一九二四年九月二十二日他由沪去广州的船上，有一封信说到我的矛盾，是：

　　　　你中秋前一日的信，我于上船前一日接到。此信你说可以做
　　　　我唯一知己的朋友。前于此的一信又说我们可以作以事业度过这

一生的同志。你只会答复人家不需要的答复，你只会与人家订不需要的约束。

你明白地告诉我之后，我并不感到这消息的突兀，我只觉心中万分凄怆！我一边难过的是：世上只有吮血的人们是反对我们的，何以我唯一敬爱的人也不能同情于我们？我一边又替我自己难过，我已将一个心整个交给伊，何以事业上又不能使伊顺意？我是有两个世界的：一个世界一切都是属于你的，我是连灵魂都永禁的俘虏；在另一个世界里，我是不属于你，更不属于我自己，我只是历史使命的走卒。假使我要为自己打算，我可以去做禄蠹（注：禄蠹，指追求功名利禄的人。）了，你不是也不希望我这样做吗？你不满意于我的事业，但却万分恳切地劝勉我努力此种事业；让我再不忆起你让步于吮血世界的结论，只悠久地钦佩你牺牲自己而鼓舞别人的义侠精神！

我何尝不知道：我是南北飘零，生活在风波之中，我何忍使你同入此不安之状态。所以我决定：你的所愿，我将赴汤蹈火以求之，你的所不愿，我将赴汤蹈火以阻之。不能这样，我怎能说是爱你！从此我决心为我的事业奋斗，就这样飘零孤独度此一生，人生数十寒暑，死期忽忽即至，奚必坚执情感以为是。你不要以为对不起我，更不要为我伤心。

这些你都不要奇怪，我们是希望海上没有浪的，它应当平静如镜；可是我们又怎能使海上无浪？从此我已是傀儡生命了，为了你死，亦可以为了你生，你不能为了这样可傲慢一切的情形而愉快吗？我希望你从此愉快，但凡你能愉快，这世上是没有什么可使我悲哀了！

写到这里，我望望海水，海水是那样平静。好吧，我们互相遵守这些，去建筑一个富丽辉煌的生命，不管他生也好，死也好。

这虽然是六个月前的信，但是他的环境和他的意念是不允许他自由的，结果他在六个月后走上他最后的路，他真的在一个深夜悄悄地死去了。

唉！辛！到如今我才认识你这颗迂回宛转的心，然而你为什么不扎挣着去殉你的事业，做一个轰轰烈烈的英雄，你却柔情千缕，吐丝自缚，遗我以余憾长恨在这漠漠荒沙的人间呢！这岂是你所愿？这岂是我所愿吗？当我伫立在你的面前千唤不应时，你不懊悔吗？在这一刹那，我感到宇宙的空寂，这空寂永远包裹了我的生命；也许这在我以后的生命中，是一种平静空虚的愉快。辛！你是为了完成我这种愉快才毅然地离开我，离开这人间吗？我细细默记他的遗容，我想解答这些疑问，因之，我反而不怎样悲痛了。

终于我要离开他，一步一回首我望着陈列的尸体，咽下许多不能叙说的忧愁。装殓好后，我本想再到棺前看看他，不知谁不赞成地阻止了，我也没有十分固执地去。

我们从医院前门绕到后门，看见门口停着一副白木棺，旁边站满了北京那些穿团花绿衫的杠夫。我这时的难过真不能形容了！这几步远的一副棺材内，装着的是人天隔绝的我的朋友，从此后连那可以细认的尸体都不能再见了；只有从记忆中心底浮出梦里拈花含笑的他，醒后尸体横陈的他。

许多朋友亲戚都立在他棺前，我和菊姐远远地倚着墙，一直望着他白木棺材上，罩了一块红花绿底的绣幕，八个穿团花绿衫的杠夫抬起来，我才和菊姐雇好车送他到法华寺。这已是黄昏时候，他的棺材一步一步经过了许多闹市，出了哈德门向法华寺去。几天前这条道上，我曾伴着他在夕阳时候来此散步，谁也想不到几天后，我伴着他的棺材，又走这一条路。我望着那抬着的棺材，我一点也不相信这里面装着的便是我心中最畏避而终不能逃脱的"死"！

到了法华寺，云弟伴我们走进了佛堂，稍待又让我们到了一间黯淡的僧房里休息。菊姐和晶清两个人扶着我，我在这间幽暗的僧房里低低地啜泣，听见外面杠夫安置棺材的动作和声音时，我心一片一片碎了！辛！从此后你孤魂寂寞，飘游在这古庙深林，也还记得繁华的人间和一切系念你的人吗？

一阵阵风从纸窗缝里吹进，把佛龛前的神灯吹得摇晃不定，我的只影蜷伏在黑暗的墙角，战栗的身体包裹着战栗的心。晶清紧紧握着我冰冷的手，她悄悄地咽着泪。夕阳正照着淡黄的神幌。有十五分钟光景，静弟进来请我出去，我和晶清、菊姐走到院里时，迎面看见天辛的两个朋友，他们都用哀怜的目光投射着我。走到一间小屋子的门口，他的棺材停放在里面，前面放着一张方桌，挂着一幅白布蓝花的桌裙，燃着两支红烛，一个铜炉中缭绕着香烟。我是走到他灵前了，我该怎样呢！我听见静弟哭着唤"哥哥"时，我也不自禁地随着他号啕痛哭！唉！这一座古庙里布满了愁云惨雾。

黑暗的幕渐渐低垂，菊姐向晶清说："天晚了我们该回去了。"我听见时更觉伤心，日落了，你的生命和我的生命都随着沉落在一个永久不醒的梦里；今夜月儿照临到这世界时，辛！你只剩了一棺横陈；今夜月儿照临在我身上时，我只觉十年前尘恍如一梦。

静弟送我们到门前，他含泪哽咽着向我们致谢！这时晶清和菊姐都低着头擦泪！我猛抬头看见门外一片松林，晚霞照得鲜红，松林里显露出几个土堆的坟头。我呆呆地望着。上帝呵！谁也想不到我能以这一幅凄凉悲壮的境地，作了我此后生命的背景。我指着向晶清说:"你看！"她自然知道我的意思，她抚着我肩说:"现在你可以谢谢上帝！"

我听见她这句话，似乎得了一种暗示的惊觉，我的悲痛不能再忍了，我靠在一棵松树上望着这晚霞松林，放声痛哭！辛！你到这时该忏悔吧！太忍心了，也太残酷了，你最后赐给我这样悲惨的景象，这样悲惨的景象深印在我柔弱嫩小的心上；数年来冰雪友谊，到如今只博得隐恨千古，抚棺哀哭！辛！你为什么不流血沙场而死，你为什么不瘐毙狱中而死，却偏要含笑陈尸在玫瑰丛中，任刺针透进了你的心，任鲜血淹埋了你的身。站在你尸前哀悼痛哭你的，不是全国的民众，却是一个别有怀抱，负你深爱的人。辛！你不追悔吗？为了一个幻梦的追逐捕获，你遗弃不顾那另一世界的建设毁灭，轻轻地将生命迅速地结束，在你事业尚未成功的时候。到如今，只有诅咒我自己，我是应负重重罪庆对于你的家庭和社会。我抱恨怕我纵有千点泪，也抵不了你一滴血，我用什么才能学识来完成你未竟的事业呢！更何忍再说到我们自己心里的痕迹和环境一切的牵系！

我不解你那时柔情似水，为什么不能温暖了我心如铁？

在日落后暮云苍茫的归途上，我仿佛是上了车，以后一切知觉便昏迷了。思潮和悲情暂时得能休息，恍惚中是想在缥缈的路上去追唤逝去的前尘呢！这时候我魂去了，只留下一副苍白的面靥和未冷的躯壳卧在菊姐的床上，床前站满了我的和辛的朋友还有医生。

这时已午夜三点多钟，冷月正照着纸窗。我醒了，睁开眼看见我是在菊姐床上，一盏残灯黯然地对着我；床四周静悄悄站了许多人，他们见我睁开眼都一起嚷道:"醒了！醒了！"

我终于醒了！我遂在这"醒了！"声中，投入到另一个幽静、冷寞、孤寂、悲哀的世界里。

一片红叶

　　这是一个凄风苦雨的深夜。

　　一切都寂静了，只有雨点落在蕉叶上，淅淅沥沥令人听着心碎。这大概是宇宙的心音吧，它在这人静夜深时候哀哀地泣诉！

　　窗外缓一阵紧一阵的雨声，听着像战场上金鼓般雄壮，错错落落似鼓桴敲着的迅速，又如风儿吹乱了柳丝般的细雨，只洒湿了几朵含苞未放的黄菊。这时我握着破笔，对着灯光默想，往事的影儿轻轻在我心幕上颤动，我忽然放下破笔，开开抽屉拿出一本红色书皮的日记来，一页一页翻出一片红叶。这是一片鲜艳如玫瑰的红叶，它挟在我这日记本里已经两个月了。往日我为了一种躲避从来不敢看它，因为它是一个灵魂孕育的产儿，同时它又是悲惨命运的扭结。谁能想到薄薄的一片红叶，里面纤织着不可解决的生谜和死谜呢！我已经是泣伏在红叶下的俘虏，但我绝不怨及它，可怜在万千飘落的枫叶里，它衔带了这样不幸的命运。我告诉你们它是怎样来的：

　　一九二三年十月廿六的夜里，我翻读着一本《莫愁湖志》，有些倦意，遂躺在沙发上假睡；这时白菊正在案头开着，窗纱透进的清风把花香一阵阵吹在我脸上，我微嗅着这花香不知是沉睡，还是微醉！懒松松的似乎有许多回忆的燕儿，飞掠过心海激动着神思的颤动。我正沉恋着逝去的童年之梦，这梦曾产生了金坚玉洁的友情，不可掠夺的铁志；我想到那轻渺渺像云天飞鸿般的前途时，不自禁地微笑了！睁开眼见菊花都低了头，我忽然担心它们的命运，似乎它们已一步一步走近了坟墓，死神已悄悄张着黑翼在那里接引，我的心充满了莫名的悲绪！

　　大概已是夜里十点钟，小丫头进来递给我一封信，拆开时是一张白纸，拿到手里从里面飘落下一片红叶。"呵！一片红叶！"我不自禁地喊出来。怔愣了半天，用抖颤的手捡起来一看，上边写着两行字：

　　满山秋色关不住
　　一片红叶寄相思

天辛采自西山碧云寺十月二十四日

　　平静的心湖，悄悄被夜风吹皱了，一波一浪汹涌着像狂风统治了的大海。我伏在案上静静地想，马上许多的忧愁集在我的眉峰。我真未料到一个平常的相识，竟对我有这样一番不能抑制的热情。只是我对不住他，我不能受他的红叶。为了我的素志我不能承受它，承受了我怎样安慰他；为了我没有一颗心给他，承受了我如何欺骗他。我即使不为自己设想，但是我怎能不为他设想。因之我陷入如焚的烦闷里。

　　在这黑暗阴森的夜幕下，窗下蝙蝠飞掠过的声音，更令我觉着战栗！我揭起窗纱见月华满地，斑驳的树影，死卧在地下不动，特别现出宇宙的清冷和幽静。我遂添了一件夹衣，推开门走到院里，迎面一股清风已将我心胸中一切的烦念吹净。无目的走了几圈后，遂坐在茅亭里看月亮，那凄清皎洁的银辉，令我对世界感到了空寂。坐了一会儿，我回到房里蘸饱了笔，在红叶的反面写了几个字是：

枯萎的花篮不敢承受这鲜红的叶儿。

仍用原来包着的那张白纸包好，写了个信封寄还他。这一朵初开的花蕾，马上让我用手给揉碎了。为了这事他曾感到极度的伤心，但是他并未因我的拒绝而中止。他死之后，我去兰辛那里整理他箱子内的信件，那封信忽然又出现在我眼前！拆开红叶依然，他和我的墨泽都依然在上边，只是中间裂了一道缝，红叶已枯干了。我看见它心中如刀割，虽然我在他生前拒绝了不承受的，在他死后我觉着这一片红叶，就是他生命的象征。上帝允许我的祈求吧！我在他生前拒绝了他，我在他死后依然承受着他，红叶纵然能去了又来，但是他呢？是永远不能回来了，只剩了这一片志恨千古的红叶，依然无恙地伴着我，当我抖颤地用手捡起它寄给我时的心情，愿永远留在这鲜红的叶里。

天　辛

到如今我没有什么话可说，宇宙中本没有留恋的痕迹，我祈求都像惊鸿的疾掠、浮云的转逝；只希望记忆帮助我见了高山想到流水，见了流水想到高山。但这何尝不是一样的吐丝自缚呢！

有时我常向遥远的理智塔下忏悔，不敢抬头；因为瞻望着遥远的生命，总令我寒噤战栗！最令我难忘的就是你那天在河滨将别时，你握着我的手说：

"朋友！过去的确是过去了，我们在疲倦的路上，努力去创造未来吧！"

而今当我想到极无聊时，这句话便隐隐由我灵魂深处溢出，助我不少勇气。但是终日终年战兢兢地转着这生之轮，难免有时又感到生命的空虚，像一只疲于飞翔的孤鸿，对着苍茫的天海、云雾的前途，何处是新径，何处是归路地怀疑着，徘徊着。

我心中常有一个幻想的新的境界，愿我自己单独地离开群众，任着脚步，走进了有虎狼豺豹的深夜森林中，跨攀过削岩峭壁的高冈，渡过了苍茫扁舟的汪洋，穿过荆棘丛生的狭径……任我一个人高呼，任我一个人低唱，即有危险，也只好一个人量力扎挣与抵抗。求救人类，荒林空谷何来佳侣？祈福上帝，上帝是沉默无语。我愿一生便消失在这里，死也埋在这里，虽然孤寂，我也宁愿享兹孤苦的。不过这怕终于是一个意念的幻想，事实上我又如何能这样，除了蔓草黄土堙埋在我身上的时候。

如今，我并不恳求任何人的怜悯和抚慰，自己能安慰娱乐自己时，就便去追求着哄骗自己。相信人类深藏在心底的，大半是罪恶的种子，陈列在眼前的又都是些幻变万象的尸骸；猜疑嫉妒既狂张起翅儿向人间乱飞，手中既无弓箭又无弹丸的我们，又怎能奈何他们呢？辛！我们又如何能不受伤负创被人们讥笑？

过去的梦神，她常伸长玉臂要我到她的怀里，因之，一切的凄怆失望像万骑踏过沙场一样蹂躏着我。使我不敢看花，看花想到业已埋葬的青春；不敢临河，怕水中映出我憔悴的瘦影；更不敢到昔日栖息之地，怕过去的陈尸捉住我的惊魂。更何忍压着凄酸的心情，在晚霞鲜明，鸟声清幽时，向沙土上小溪畔重认旧日的足痕！

从前赞美朝阳，红云捧着旭日东升，我欢跃着说："这是我的希望。"从前爱慕晚霞，望着西方绚烂的彩虹，我心告诉我："这是我的归宿。"天辛呵！纵然今天我立在伟大庄严的天坛上，彩凤似的云霞依然飘停在我的头上；但是从前我是沉醉在阳光下的蔷薇花，现在呢，仅不过是古荒凄凉的神龛下，蜷伏着呻吟的病人。

这些话也许又会令你伤心的，然而我不知为什么似乎一些幸福愉快的言语也要躲避我。今天推窗见落叶满阶，从前碧翠的浓幕，让东风撕成了粉碎；因之，我又想到落花，想到春去的悠忽，想到生命的虚幻，想到一切……想到月明星烂的海，灯光辉煌的船，广庭中婀娜的舞女，琴台上悠扬的歌声；外边是沉静的海充满了神秘，船里是充满了醉梦的催眠。汹涌的风波起时，船工先感恐惧，只恨我的地位在生命海上，不是沉醉娇贵的少女，偏是操持危急的船工。

说到我们的生命，更渺小了，一波一浪，在海上留下些什么痕迹！

诞日，你寄来的象牙戒指收到了。诚然，我也愿用象牙的洁白和坚实，来纪念我们自己静寂像枯骨似的生命。

微醉之后

几次轻掠飘浮过的思绪，都浸在晶莹的泪光中了。何尝不是冷艳的故事，凄哀的悲剧，但是，不幸我是心海中沉沦的溺者，不能有机会看见雪浪和海鸥一瞥中的痕迹。因此心波起伏间，卷埋隐没了的，岂止朋友们认为遗憾；就是自己，永远徘徊寻觅我遗失了的，何尝不感到过去飞逝的云影，宛如彗星一扫的壮丽。

允许我吧！我的命运之神！我愿意捕捉那一波一浪中汹涌浮映出过去的幻梦。固然我不敢奢望有人能领会这断弦哀音，但是我尚有爱怜我的母亲，她自然可以为我滴几点同情之泪吧！朋友们，这是由我破碎心幕底透露出的消息。假使你们还挂念着我，这就是我遗赠你们的礼物。

丁香花开时候，我由远道归来。一个春雨后的黄昏，我去看晶清。推开门时她在碧绸的薄被里蒙着头睡觉，我心猜想她一定是病了。不忍惊醒她，悄悄站在床前；无意中拿起枕畔一本蓝皮书，翻开时从里面落下半幅素笺，上边写着：

波微已经走了，她去那里我是知道而且很放心，不过在这样繁华如碎锦似的春之画里，难免她不为了死的天辛而伤心，为了她自己惨淡悲凄的命运而流泪！

想到她我心就怦怦地跃动，似乎纱窗外啁啾的小鸟都是在报告不幸的消息而来。我因此病了，梦中几次看见她，似乎她已由悲苦的心海中踏上那雪银的浪花，翩跹着披了一幅白云的轻纱；后来暴风巨浪袭来，她被海波卷没了，只有那一幅白云般的轻纱漂浮在海面上，一霎时那白纱也不知流到哪里去了。

固然人要笑我痴呆，但是她呢，确乎不如一般聪明人那样理智。从前她是个杀人不眨眼的英雄，如今遭遇了天辛的如水柔情，已变成多愁多感的人了。这几天凄风苦雨令我想到她，但音信却偏这般渺茫……

读完后心头觉着凄哽，一种感激的心情，使我终于流泪，但这又何尝不是罪恶！人生在这大海中不过小小的一个泡沫，谁也不值得可怜谁，谁也不值得骄傲谁，天辛走了，不过是时间的早迟，生命上使我多流几点泪痕而已。为什么世间偏有这许多绳子，而且是互相连系着！

她已睁开半开的眼醒来，宛如晨曦照着时梦耶真耶莫辨的情形，瞪视良久，她不说一句话。我抬起头来，握住她手说：

"晶清，我回来了，但你为什么病着？"

她珠泪盈睫，我不忍再看她，把头转过去，望着窗外柳丝上挂着的斜阳而默想。后来我扶她起来，同到栉沐室去梳洗，我要她挣扎起来伴我去喝酒。信步走到游廊，柳丝中露出三年前月夜徘徊的葡萄架，那里有芗蕷的箫声，有云妹的倩影，明显映在心上的，是天辛由欧洲归来初次看我时的情形。那时我是碧茵草地上活泼跳跃的白兔，天真骄憨的面靥上，泛映着幸福的微笑！三年之后，我依然徘徊在这里，纵然浓绿花香的图画里，使我感到的比废墟野冢还要凄悲！上帝呵！这时候我确乎认识了我自己。

韵妹由课堂下来，她拉我又回到寝室，晶清已梳洗完正在窗前换衣服，她说：

"波微！你不是要去喝酒吗？萍适才打电话来，他给你已预备下接风宴。去吧！对酒当歌，人生几何，去吧！乘着丁香花开时候。"

风在窗外怒吼着，似乎有万骑踏过沙场，全数冲杀的雄壮；又似乎有海边孤舟，随狂飙扎挣呼号的声音，一声声的哀惨。但是我一切都不管，高擎着玉杯，里边满斟着红艳艳的美酒，她正在诱惑我，像一个绯衣美女轻掠过骑上马前的心情一样地诱惑我。我愿永久这样陶醉，不要有醒的时候，把我一切烦恼都装在这小小杯里，让它随着那甘甜的玫瑰露流到我那创伤的心里。

在这盛筵上我想到和天辛的许多聚会畅饮。

晶清挽着袖子，站着给我斟酒；萍呢！他确乎很聪明，常常望着晶清，暗示她不要再给我斟，但是已晚了，饭还未吃我就晕在沙发上了。

我并没有痛哭，依然晕厥过去有一点多钟之久。醒来时晶清扶着我，我不能再忍了，伏在她手腕上哭了！这时候屋里充满了悲哀，萍和琼都很难受地站在桌边望着我。这是天辛死后我第六次的昏厥，我依然和昔日一样能在梦境中醒来。

灯光辉煌下，每人的脸上都泛映着红霞，眼里莹莹转动的都是泪珠，玉杯里还有半盏残酒，桌上狼藉的杯盘，似乎告诉我这便是盛筵散后的收获。

大家望着我都不知应说什么。我微抬起眼帘，向萍说：

"原谅我，微醉之后。"

夜　航

一九二五年元旦那天，我到医院去看天辛，那时残雪未消，轻踏着积雪去叩弹他的病室，诚然具着别种兴趣，在这连续探病的心情经验中，才产生出现在我这忏悔的惆怅！不过我常觉由崎岖蜿蜒的山径到达到峰头，由翠荫森森的树林到达峰头，归宿虽然一样，而方式已有复杂简略之分，因之我对于过去及现在，又觉心头轻泛着一种神妙的傲意。

那天下午我去探病，推开门时，他是睡在床上头向着窗瞧书，我放轻了足步进去，他一点都没有觉得我来了，依然一页一页翻着书。我脱了皮袍，笑着蹲在他床前，手攀着床栏说：

"辛，我特来给你拜年，祝你一年的健康和安怡。"

他似乎吃了一惊，见我蹲着时不禁笑了！我说：

"辛！不准你笑！从今天这时起，你做个永久的祈祷，你须得诚心诚意的祈祷！"

"好！你告诉我祈祷什么？这空寂的世界我还有希望吗？我既无希望，何必乞怜上帝，祷告他赐我福惠呢？朋友！你原谅我吧！我无力而且不愿作这幻境中自骗的祈求了。"

仅仅这几句话，如冷水一样浇在我热血搏跃的心上时，他奄奄地死寂了，在我满挟着欢意的希望中，显露出这样一个严涩枯冷的阻物。他正在诅咒着这世界，这世界是不预备给他什么，使他虔诚的心变成厌弃了，我还有什么话可以安慰他呢！

这样沉默了有二十分钟，辛摇摇我的肩说：

"你起来，蹲着不累吗？你起来我告诉你个好听的梦。快！快起来！这一瞥飞逝的时间，我能说话时你还是同我谈谈吧！你回去时再沉默不好吗！起来，坐在这椅上，我说昨夜我梦的梦。"

我起来坐在靠着床的椅上，静静地听着他那抑扬如音乐般声音，似夜莺悲啼，燕子私语，一声声打击在我心弦上回旋。他说：

"昨夜十二点钟看护给我打了一针之后，我才可勉强睡着。波微！从此之后我愿永远这样睡着，永远有这美妙的幻境环抱着我。

"我梦见青翠如一幅绿缎横披的流水，微风吹起的雪白浪花，似绿缎上纤织的小花；可惜我身旁没带着剪子，那时我真想裁割半幅给你做一件衣裳。

"似乎是个月夜，清澈如明镜的皎月，高悬在蔚蓝的天宇，照映着这翠玉碧澄的流水；那边一带垂柳，柳丝一条条低吻着水面，像个女孩子的头发，轻柔而蔓长。柳林下系着一只小船，船上没有人，风吹着水面时，船独自在摆动。

"这景是沉静，是庄严，宛如一个有病的女郎，在深夜月光下，仰卧在碧茵草毡，静待着最后的接引，怆凄而冷静。又像一个受伤的骑士，倒卧在树林里，听着这渺无人声的野外，有流水呜咽的声音！他望着洒满的银光，想到祖国，想到家乡，想到深闺未眠的妻子。我不能比拟是那么和平，那么神寂，那么幽深。

“我是踟蹰在这柳林里的旅客，不知道这是什么地方。我走到系船的那棵树下，把船解开，正要踏下船板时，忽然听见柳林里有唤我的声音！我怔怔地听了半天，依旧把船系好，转过了柳林，缘着声音去寻。愈走近了，那唤我的声音愈低微愈哀惨，我的心搏跳得更加厉害。郁森的浓荫里，露透着几丝月光，照映着真觉冷森惨淡！我停止在一棵树下，那细微的声音几乎要听不见。后来我振作起勇气，又向前走了几步，那声音似乎就在这棵树上。”

　　他说到这里，面色变得更苍白，声浪也有点颤抖，我把椅子向床移了一下，紧握着他的手说：

　　“辛！那是什么声音？”

　　“你猜那唤我的是谁？波微！你一定想不到，那树上发出可怜的声音叫我的，就是你！不知谁把你缚在树上，当我听出是你的声音时，我像个猛兽一般扑过去，由树上把你解下来；你睁着满含泪的眼望着我，我不知为什么忽然觉得难过，我的泪不自禁地滴在你腮上了！

　　“这时候，我看见你惨白的脸被月儿照着像个雕刻的石像，你伏在我怀里，低低地问我：

　　“‘辛！我们到那里去呢？’

　　“我没有说什么，扶着你回到系船的那棵树下，不知怎样，刹那间我们泛着这叶似的船儿，漂游在这万顷茫然的碧波之上，月光照得如白昼。你站在船头仰望着那广漠的天宇，夜风吹送着你的散发，飘到我脸上时我替你轻轻一掠。后来我让你坐在船板上，这只无人把舵的船儿，驾凌着像箭一样在水面上漂过，渐渐看不见那一片柳林，看不见四周的缘岸。远远地似乎有一个塔，走近时原来不是灯塔，那个翠碧如琉璃的宝塔，月光照着发出璀璨的火光，你那时惊呼着指那塔说：

　　“‘辛！你看什么！那是什么？’

"在这时候，我还没有答应你。忽然狂风卷来，水面上涌来如山立的波涛，浪花涌进船来，一翻身我们已到了船底，波涛卷着我们浮沉在那琉璃宝塔旁去了！

　　"我醒来时心还跳着，月光正射在我身上，弟弟在他床上似乎正在梦呓。我觉着冷，遂把椅子上一条绒毡加在身上。我想着这个梦，我不能睡了。"

　　我不能写出我听完这个梦以后的感想，我只觉心头似乎被千斤重闸压着。停了一会儿我忽然伏在他床上哭了！天辛大概也知道不能劝慰我，他叹了口气重新倒在床上。

醒后的惆怅

深夜梦回的枕上，我常闻到一种飘浮的清香，不是冷艳的梅香，不是清馨的兰香，不是金炉里的檀香，更不是野外雨后的草香。不知它来自何处，去至何方？它们伴着皎月游云而来，随着冷风凄雨而来，无可比拟，凄迷辗转之中，认它为一缕愁丝，认它为几束恋感，是这般悲壮而缠绵。世界既这般空寂，何必追求物象的因果。

汝负我命，我还汝债，以是因缘，经百千劫常在生死。汝爱我心，我爱汝色，以是因缘，经百千劫常在缠缚。

——楞严经

寂灭的世界里，无大地山河，无恋爱生死，此身既属臭皮囊，此心又何尝有物，因此我常想毁灭生命，锢禁心灵。至少把过去埋了，埋在那苍茫的海心，埋在那崇峻的山峰；在人间永不波荡，永不飘飞；但是失败了，仅仅这一念之差，铸塑成这般罪恶。

当我在长夜漫漫，转侧呜咽之中，我常幻想着那云烟一般的往事，我感到哽酸，轻轻来吻我的是这腔无处挥洒的血泪。

我不能让生命寂灭，更无力制止她的心波澎湃，想到时总觉对不住母亲，离开她五年把自己摧残到这般枯悴。要写什么呢？生命已消逝地飞掠去了，笔尖逃逸的思绪，何曾是纸上留下的痕迹。母亲！这些话假如你已了解时，我又何必再写呢！只恨这是埋在我心冢里的，在我将要放在玉棺时，把这束心的挥抹请母亲过目。

天辛死以后，我在他尸身前祷告时，一个令我缱绻的梦醒了！我爱梦，我喜欢梦，她是浓雾里阑珊的花枝，她是雪纱轻笼了苹果脸的少女，她如苍海飞溅的浪花，她如归鸿云天里一闪的翅影。因为她既不可捉摸，又不容凝视，那轻渺渺游丝般梦痕，比一切都使人醺醉而迷惘。

诗是可以写在纸上的，画是可以绘在纸上的，而梦呢，永远留在我心里。母亲！假如你正在寂寞时候，我告诉你几个奇异的梦。

墓畔哀歌

一

　　我由冬的残梦里惊醒，春正吻着我的睡靥低吟！晨曦照上了窗纱，望见往日令我醺醉的朝霞，我想让丹彩的云流，再认认我当年的颜色。

　　披上那件绣着蛱蝶的衣裳，姗姗地走到尘网封锁的妆台旁。呵！明镜里照见我憔悴的枯颜，像一朵颤动在风雨中苍白凋零的梨花。

　　我爱，我原想追回那美丽的皎容，祭献在你碧草如茵的墓旁，谁知道青春的残蕾已和你一同殉葬。

二

　　假如我的眼泪真凝成一粒一粒的珍珠，到如今我已替你缀织成绕你玉颈的围巾。

　　假如我的相思真化作一颗一颗的红豆，到如今我已替你堆集成永

104

久勿忘的爱心。

哀愁深埋在我心头。

我愿燃烧我的肉身化成灰烬，我愿放浪我的热情怒涛汹涌，天呵！这蛇似的蜿蜒，蚕似的缠绵，就这样悄悄地偷去了我生命的青焰。

我爱，我吻遍了你墓头青草在日落黄昏；我祷告，就是空幻的梦吧，也让我再见见你的英魂。

三

明知道人生的尽头便是死的故乡，我将来也是一座孤冢，衰草斜阳。有一天呵！我离开繁华的人寰，悄悄入葬，这悲艳的爱情一样是烟消云散，昙花一现，梦醒后飞落在心头的都是些残泪点点。

然而我不能把记忆毁灭，把埋我心墟上的残骸抛却，只求我能永久徘徊在这垒垒荒冢之间，为了看守你的墓茔，祭献那茉莉花环。

我爱，你知否我无言的忧衷，怀想着往日轻盈之梦。梦中我低低唤着你小名，醒来只是深夜长空有孤雁哀鸣！

四

黯淡的天幕下，没有明月也无星光，这宇宙像数千年的古墓；皑皑白骨上，飞动闪映着惨绿的磷花。我匍匐哀泣于此残锈的铁栏之旁，愿烘我愤怒的心火，烧毁这黑暗丑恶的地狱之网。

命运的魔鬼有意捉弄我弱小的灵魂，罚我在冰雪寒天中，寻觅那凋零了的碎梦。求上帝饶恕我，不要再残害我这仅有的生命，剩得此残躯在，容我杀死那狞恶的敌人！

我爱，纵然宇宙变成烬余的战场，野烟都腥：在你给我的甜梦里，我心长系驻于虹桥之中，赞美永生！

五

我整天踟蹰于垒垒荒冢，看遍了春花秋月不同的风景，抛弃了一切名利虚荣，来到此无人烟的旷野，哀吟缓行。我登了高岭，向云天苍茫的西方招魂，在绚烂的彩霞里，望见了我沉落的希望之陨星。

远处是烟雾冲天的古城，火星似金箭向四方飞游！隐约地听见刀枪搏击之声，那狂热的欢呼令人震惊！在碧草萋萋的墓头，我举起了胜利的金觥，饮吧我爱，我奠祭你静寂无言的孤冢！

星月满天时，我把你遗我的宝剑纤手轻擎，宣誓向长空：愿此生永埋了英雄儿女的热情。

六

假如人生只是虚幻的梦影，那我这些可爱的映影，便是你赠与我的全生命。我常觉你在我身后的树林里，骑着马轻轻地走过去。常觉你停息在我的窗前，徘徊着等我的影消灯熄。常觉你随着我唤你的声音悄悄走近了我，又含泪退到了墙角。常觉你站在我低垂的雪帐外，哀哀地对月光而叹息！

在人海尘途中，偶然逢见个像你的人，我停步凝视后，这颗心呵！便如秋风横扫落叶般冷森凄零！我默思我已经得到爱的之心，如今只是荒草夕阳下，一座静寂无语的孤冢。

我的心是深夜梦里寒光闪灼的残月，我的情是青碧冷静、永不再流的湖水。残月照着你的墓碑，湖水环绕着你的坟，我爱，这是我的梦，也是你的梦。安息吧，敬爱的灵魂！

七

我自从混迹到尘世间，便忘却了我自己；在你的灵魂我才知是谁？

记得也是这样夜里。我们在河堤的柳丝中走过来，走过去。我们无语，心海的波浪也只有月儿能领会。你倚在树上望明月沉思，我枕在你胸前听你的呼吸。抬头看见黑翼飞来掩遮住月儿的清光，你抖颤着问我：假如这苍黑的翼是我们的命运时，应该怎样？

我认识了欢乐，也随来了悲哀，接受了你的热情，同时也随来了冷酷的秋风。往日，我怕恶魔的眼睛凶，白牙如利刃，我总是藏伏在你的腋下趑趄不敢进。你一手执宝剑，一手扶着我践踏着荆棘的途径，投奔那如花的前程！

如今，这道上还留着你斑斑血痕，恶魔的眼睛和牙齿再是那样凶狠。但是我爱，你不要怕我孤零，我愿用这一纤细的弱玉腕，建设那如意的梦境。

八

春来了，催开桃蕾又飘到柳梢，这般温柔慵懒的天气真使人恼！她似乎躲在我眼底有意缭绕，一阵阵风翼，吹起了我灵海深处的波涛。

这世界已换上了装束，如少女般那样娇娆，她披拖着浅绿的轻纱，蹁跹在她那姹紫嫣红中舞蹈。伫立于白杨下，我心如捣，强睁开模糊的泪眼，细认你墓头，萋萋芳草。

满腔辛酸与谁道？愿此恨吐向青空将天地包。它纠结围绕着我的心，像一堆枯黄的蔓草；我爱，我待你用宝剑来挥扫，我待你用火花来焚烧。

九

垒垒荒冢上，火光熊熊，纸灰缭绕，清明到了。这是碧草绿水的春郊。墓畔有白发老翁，有红颜年少，向这一抔黄土致不尽的怀忆和哀悼，云天苍茫处我将魂招；白杨萧条，暮鸦声声，怕孤魂归路迢迢。

逝去了，欢乐的好梦，不能随墓草而复生，明朝此日，谁知天涯何处寄此身？叹漂泊我已如落花浮萍，且高歌，且痛饮，拼一醉烧熄此心头余情。

我爱，这一杯苦酒细细斟，邀残月与孤星和泪共饮，不管黄昏，不论夜深，醉卧在你墓碑旁，任霜露侵凌吧！我再不醒。

辑

三

无穷红艳烟尘里

　　一样在寒冻中欢迎了春来，抱着无限的抖颤惊悸欢迎了春来，然而阵阵风沙里夹着的不是馨香而是血腥。片片如云雾般的群花，也正在哀呼呻吟于狂飙尘沙之下，不是死得惨白，便是血得鲜红。试想想一个疲惫的旅客，他在天涯中奔波着这样惊风骇浪的途程，目睹耳闻着这些愁惨冷酷的形形色色，他怎能不心碎呢！既不能运用宝刀杀死那些扰乱和平的恶魔，又无烈火烧毁了这恐怖的黑暗和荆棘，他怎能不垂涕而愤恨呢！

　　已是暮春天气，却为何这般秋风秋雨？假如我们记忆着这个春天，这个春天是埋葬过一切的光荣的。她像深夜中森林里的野火，是那样寂寂无言地燃烧着！她像英雄胸中刺出的鲜血，直喷洒在枯萎的花瓣上，是那样默默地射放着醉人心魂的娇艳。春快去了，和着一切的光荣逝去了，但是我们心头愿意永埋这个春天，把她那永远吹拂人类生意而殉身的精神记忆着。

　　在现在真不知怎样安放这颗百创的心，而我们自己的头颅何时从颈上飞去呢！这只有交付给渺茫的上帝了。春天我是百感交集的日子，但是今年我无感了。除了睁视默默外，既不会笑也不会哭，我更觉着生的不幸和绝望；愿天爽性把这地球捣成碎粉，或者把我这脆弱有病态的心掉换成那些人的心，我也一手一只手枪飞骑驰骋于人海之中，看着倒跌在我铁蹄下的血尸，微笑快意！然而我终于都不能如愿，世界不归我统治，人类不听我支配，只好叹息着颤悸着，看他们无穷的肉搏和冲杀吧！

有时我是会忘记的。当我在一群天真烂漫的小姑娘中间，悄悄地看她们的舞态，听她们的笑声，对我像一个不知道人情世故的人，更不知道世界上还有许多不幸和罪恶。当我在杨柳岸伫立着听足下的泉声，残月孤星照着我的眉目，晚风吹拂着我的衣裙，把一颗平静的心，放在水面月光上时，我也许可以忘掉我的愁苦和这世界的愁苦。

常想钻在象牙塔里，不要伸出头来，安稳甘甜地做那痴迷恍惚的梦；但是有时象牙塔也会爆裂的，终于负了满身创伤掷我于十字街头，令我目睹着一切而惊心落魄！这时花也许开得正鲜艳，草也许生得很青翠，潮水碧油油的，山色绿葱葱的；但是灰尘烟火中，埋葬着无穷娇艳青春的生命。我疲惫的旅客呵！不忍睁眼再看那密布的墨云，风雨欲来时的光景了。

我祷告着，愿意我是个又聋又瞎的哑小孩。

心之波

　　我立在窗前许多时候，我最喜欢见落日光辉照在那烟雾迷蒙的西山，在暮色苍茫的园里，粗粝而且黑暗的假山影，在紫色光辉里照耀着；那傍晚的云霞，飘坠在楼下，青黄相间，迎风摇曳的梧桐树上——很美丽的闪烁，犹如一阵淡红蔷薇花片的微雨，遍染了深秋梧叶。我痴痴地看那晚霞坠在西山背后，今天的愉快中秋节，又匆匆地去了！时间张着口，把青春之花、生命之果都吸进去了，只留下迷路的小羊在山坡踌躇着。

　　夜间临到了！我在寂寞沉闷的自然怀抱中，我是宇宙的渺小者呵；这一瞥生命之波又应当这样把温和与甜蜜的情感，去发掘宇宙秘藏之奥妙，吸收她的美和感化，以安慰这枯燥的人生呵！晶莹光辉的一轮明月，她将一手蕴藏的光明，都兴尽的照遍宇宙了；那夜景的灿烂，都构成很和平很静默的空气。我从楼上下去到了后院——那空旷的操场上，去吸收她那素彩清辉的抚爱；一路过了许多游廊，那电灯都黑沉地想着他的沉闷，他是没有力量和月光争辉的，但在黑暗的夜里，那月儿被黑云翳遮满了，除了一二繁星闪烁外，在那黑暗里辉耀

112

着的就是电灯了！但现在他是不能和她争点光明的，因为她是自然的神。我一路想着许多无聊的小问题，不觉地走到花园的后面一棵松树底下，我就拂着枯草坐在树底。从枝叶织成的天然幕里，仰着头看那含笑的月！我闭了眼，那灵魂儿不觉地飞出去，找我那理想中之幻想界——神之宫——仙之园——作我的游缘。我觉着灵魂从白云迷茫中，分出一道光明的路，我很欣喜地踏了进去，那白玉琢成的月宫里，冉冉地走出许多极美丽的白衣仙女，张着翅膀去欢迎我的灵魂！从微笑的温和中，我跪在那白绒的毡上，伏在那洁白神女之肩上。我那时觉着灵魂儿都化成千数只的蝴蝶，翩翩在白云的深宫跳舞了！神秘的音乐，飘荡在银涛的波光中，那地上的花木，也摇曳着合拍地发出相击的细声。眼睁开了，依然在伟大的松林影下坐着，眼中还映着那闪烁而飘浮的色带：仿佛那白衣的神妃及仙女都舞蹈着向我微笑！她听见各地方都发出嘹嘹的、奇异的、悲愁的、感动的、恳切的声调，如珍珠的细雨落在深密而开花的林中一样。我慢慢地醒了，那灵魂中构成的幻梦，微细的音乐还依然在那银涛之光中波动着。我凝神细听，才知是远处的箫声，那一缕缕的哀音，告诉以人类的可怜！

去年今夜，不是同她在皓月之下叙别吗？我那时候无心去看月儿的娇媚，我的泪只是往肚子里流！现在月儿一样的照在我和她的心里，但重洋之波流不去我的思惘。我确知道她是最哀痛的一个失恋者，在生命中她不觉得愉快，幸福只充满了忏悔和哀怨。她生命之花，都被那恶社会的环境牺牲了。她觉着宇宙尽充着悲哀，在鸣咽的音容中，微笑总是徒然，像海鸥躲出海去，是不可能的事啊！

我思潮不定地波荡着，到了我极无聊的时候，我觉着又非常可笑！人生到底是怎样生活去吗？我慢慢地向我寝室走，那萧瑟的秋风吹在两旁的树林里，瑟瑟地向我微语：他们的吟声和着风声，唱出那悲哀之歌。我踽踽独行，是沉闷无聊的事吗？但我看来，是在这烦恼嚣杂的社会里，不亲近人是躲避是非的妙法。所以人家待我有二三分的美意，我就觉着有一种说不出的恐怖布满了我的心腔。我慢慢地沉思着走到了我的楼下，忽然见楼旁有个黑影一闪，我很惊讶地问了一声"是谁"，但那黑影已完全消灭了，找不出半点行踪。一瞥的人生也是这样的无影无踪吗？我匆匆地上楼，那皓光恰好射在我的帐子上，现出种极惨的白色！在帐中的一个小像上，她掬着充足的泪泉在那眼波中，摄我的灵魂去，游那悲哀之海啊！失恋的小羊哟，在这生命之波流动的时候，那种哀怨的人生，是阻止那进行的拦路虎，愈要觉着那不语的隐痛。但人要不觉悟人世是虚伪的，本来什么也不足为凭，何况是一种冲动的感情啊！不过人在旁观者的地位都觉着她是不知达观方面去想的，到了身受者亲切的感着时候，是比不得旁观者之冷眼讥笑。这假面具带满的社会，谁能看透那脑筋荡漾着什么波浪啊！谁知道谁的目的是怎样主张啊！况且人世的事都是完全相对的，不能定一个是非；如甲以为是的乙又以为非，是没有标准的。那么，在这恶社会里失望和懊恼，都是人类难免的事。这么一想，她有多少悲哀都要被极强的意志战胜。既然人世是宇宙的渺小者瞬息的一转，影一般的就捉不住了！那疲倦的青春和沉梦的醉者，都是青年人所不应当消极的。但现在的青年——知识界的青年，因感觉的敏感和思想的深邃，所以处处感着不快的人生，烦闷的人生。他们见宇宙的事物、人类是受束缚的，哪如天空的鸿雁任意翱翔，春日的流莺随心歌唱呢？他们是没有知识的，所以他们也减少烦恼，他们是生活简单的，所以也不受拘束。

　　我一沉思，虽晴光素彩，光照宇宙，但我心胸中依然塞满了黑暗。我搬把椅子，放在寝室外边的栏杆旁，恰好一轮明月，就照着我。那栏杆下沉静的青草和杨柳，也伸着头和月儿微语呢。一阵秋风，那树叶依然扑拉拉落了满地。月儿仍然不能保护她今夜不受秋风的摧残，她更不能借月儿的力量，帮助她的"生命之花"不衰萎不败落。这是他们最不幸的事情，但他们也慷慨地委之于运命了！

夜是何等的静默啊！心之波在这爱园中波荡着，想起多少的回忆：在初级师范读书的时候，天真烂漫，那赤血搏动的心里，是何等光亮和洁白呵！没有一点的尘埃，是奥妙神洁的天心呵！赶我渐渐一步一步地挨近社会，才透彻了社会的真相——是万恶的——引人入万恶之途的。一入万恶之渊，未有不被万恶之魔支配的！叫他洁白的心胸，染了许多的污点。他是意志薄弱的青年，能不为万恶之魔战败吗？

所以一般知识略深的青年，对于社会的事业，是很热心去改造的，不过因为环境和恶魔的征服，他们结果便灰心了，所以他对于社会是卑弃的，远避的。社会上所需要的事物，都是悖逆青年的意志，而偏要使他去做的事情。被征服的青年，也只好换一副面具和心肠去应付社会去，这是人生隐痛啊！觉悟的青年，感受着这种苦痛，都是社会告诉他的，将他从前的希望，都变成悲观的枯笑，使他自然地被摒弃于社会之外。社会的万恶之魔，就是许多相袭既久的陈腐习惯。在这种习惯下面，造出一种诈伪不自然的伪君子，面子上都是仁义道德，骨子里都是男盗女娼，然而这是社会上最尊敬最赞扬的人物。假如在这社会习惯里有一二青年，要秉着独立破坏的精神，去发展个人的天性，不甘心受这种陈腐不道德的束缚，于是乎东突西冲，想与社会作对，但是社会的权力很大，罗网很密，个人绝对不能做社会的公敌的。社会像个大火炉，什么金银铜铁锡，进了炉子，都要熔化的。况且"多数服从的迷信"是执行重罚的机关（舆论），所以他们用大多数的专制威权去压制那少数的真理志士，削夺了他的言论行动、精神肉体——

易卜生的社会栋梁同国民公敌都是青年在社会内的背影！

人生是不敢去预想未来、回忆过去的，只可合眼放步随造物的低昂去。一切希望和烦恼，都可归到运命的括弧下。积极方面斗争作去，终归于昙花一现，就消极方面挨延过去，依然一样的落花流水；所取的目的虽不同，而将来携手时，是同归于一点的。人生如沉醉的梦中，在梦中的时候一颦一笑，都是由衷的——发于至情的；迨警钟声唤醒噩梦后，回想是极无意识而且发笑的！人生观中一片片的回忆，也是这种现象。

今夜的月儿，好像朵生命之花，而我的灵魂又不能永久深藏在月宫，躲着这沉浊的社会去，这是永久的不满意呵！世界上的事物，没有定而不变的，没有绝对真实的。我这一时的心波是最飘忽的一只雁儿；那心血汹涌的时候，已一瞥地追不回来了！追不回来了！我只好低着头再去沉思之渊觅她去……

葡萄架下的回忆

生命之波，滔滔地去了，禁不住地还想，深沉的回忆。但有时他那深印脑海的浪花，却具着惹人不忘的魄力。在这生命中之一片碎锦，是应当永志的。一刹那，捉不住的秋又去了，但是不灭的回忆依然存在。

窗外的杨柳，很懊恼地垂着头，沉思她可怜的身世。那一缕缕的微笑，从瑟瑟的风浪中传出。在淡泊的阳光下，照出那袅娜的姿态，飘荡的影子，她对于这悲愁有无限的怨望！有时窗上的白纬纱，起伏飘荡地被风吹着，慢慢地挂在帐角上，但是一刹时，仍旧被一阵大风吹下来，拖在地板上。在沉寂中，观察一个极细微的事物，都含着有无限的妙理，宇宙的奥藏，都在这一点吗？

那时候我很疲倦地睡在床上，想借着这时候休息一下，因为我在路上，已经两夜失眠了；但是疲倦的神，还是不屈不挠的，反把睡天使驱出关外，更睡不着了！虽然拢上眼睛，但是那无限的思潮，又在魔海中萦绕……莫奈何，只好把眼睛睁开，望望那窗外的杨柳和碧蓝的天，聊寄我的余思。这时候想不到我的朋友梅影君来访我！不但是沉闷中的安慰，并且是久别后的乍逢。晤面后那愉快的意线从各人的心房中射出，在凝眸微笑中，满溢着无限的温情。

我记得那是极温和的天气，淡淡的斜阳，射在苍黄的地毯上；我们坐在窗旁的椅上，谈别后的情况，她还告诉我许多令我永久记忆的事……不过我们未见面时所预备的话，都想不起；反而相对默然。后来首问我暑假中家居的成绩，可惜我所消磨岁月的，就是望着行云送夕阳。除过猛烈的刺激，深刻的回忆……高兴时随便写几句诗外，实在没有可称述的一样成绩，不过梅影她定要我念几首给她听，后来我扭不过她的要求，想起一首《紫罗兰》来——因为她是殉了《商报》的纪念物，算是一种滑稽的记忆。我读给她的诗是……

> 当她从我面前低着头，匆匆走过去的时候，
> 她的心弦鼓荡着我的心弦，
> 牵引着我的足踵儿，
> 到了紫罗兰的面前。
> 花上的蝶儿，猛吃一惊，嗔人扰她甜蜜的睡眠；
> 但是花儿很愉快地娜袅舞蹈着，
> 展开她一折一折的笑靥。
> 我想她心腔中，怀着什么疑团？
> 脑海里荡漾着什么波澜？
> 但是她准痴立着笑而不答！
>
> 当我无意中又遇着她的时候，
> 看她手里拿着鲜烂的花球，
> 衬着她玫瑰似的颊儿，乌云般的发儿，

水漾漾漆黑的眼珠儿，满溢着无穷的话头。

鸟儿的音韵好像她抑扬的歌声；

花儿的风姿，不如她自然活泼的娉婷。

当我慢慢地从紫罗兰的旁边离开她，

现着一点笑，

隐着一点愁。

她半喜半怨地倚着那紫罗兰不动。

人的痴心呵！

她恐怕旁人摘她的花。

朋友呵！

假如你脑海里镌深了她，

你随时能发现一朵灿烂的花，

又何必怕旁人摘她？

车轮和我的心轮一样，相扭着旋转；

我的心却在紫罗兰前。

小鸟笑着说：

"朋友呵！

沉寂里耐着点吧！

不要把血和泪，

染在花瓣上，

使她永镌着心痛；

忘不了你的怅惘沉闷！"

我轻轻地读着，她静静地听。我知道她受了很深刻的刺激。她说："朋友啊！你干吗！向着深思之渊中求空幻的生活。愉快之波是生命流中的浪花，你不要令她忽略，把光阴匆匆地过去。你就是绞尽脑汁，破碎心血，你向人间曾否找到一点真诚的慰藉？你看清新高爽的野外那伟大自然界，都要待我们去赏玩她，涵化她。天空中的云霞，野外的锦绣都是自然魂灵的住所。她们都含着笑，仰着头，盼我们去伴他。人生一瞥，当及时行乐。虽然处的是寂寞沉闷的生活中，但是大地团团，又何处非乐土呢？你的思想比我狭闷得多，这种理想，只好让自然界去融化你。去年读你的《亡魂》一篇，我那时认为你的理想不觉悟是很危险的，后来我接你的信，知道你近来是有些觉悟，不过恐怕是一时的冲动，不仅又要消灭了……"我听了她这番忠告，非常地感激，我的思想虽然是环境造成的，但是环境又是谁来造成的？可是懦弱的青年，只有软化在恶环境的淫威下呻吟；就是不然，也只好满腹牢骚，亢喉高唱罢了。在虚伪冷淡的社会里，谁人肯将他心上的一滴热血付与人！可知道在充满着灰尘的世界上，愉快都是狡黠的笑声，所以我宁愿多接触一点浑厚温和的自然界，安慰这枯燥的生活，我不愿随风凤愿，在那满戴假面具的人群里讨无趣！梅影知我最深，她因我握别北京有二月余，水榭赏荷已为逝波，篱畔访菊又当盛秋，于是她就提议要到城南公园一睹园林秋色。那时我很愉快地允许，遂去准备我们的行进。当我坐着车出宣武门的时候，各种的车和扰扰攘攘的行人，除了汽车内坐着很安详舒适的阔佬们外，他们面上都现着恐惧的神气！因为路窄人多，呜呜！前面汽车迎头来，呜呜！后面的汽车，又电驰般的追来了！他们的恐惧都是怕卧在汽车下，把一生劳碌的梦惊醒来了，或者对于他们生命历程上发生的阻碍，有点觉悟。虽然这样说，但我过那门时，我觉悟了一生的开幕材料，无非是取给于这一刹那的小把戏台上的反映罢了。离公园门有十余步的距离，有一个兵，在石阶上走来走去，他故意踏重他的皮靴表示他很赳昂的样子。他的职务是守卫而兼着收票。每当我来这儿购票的时候，他准表示他认识我是常游者的态度，并且我进了公园的时候，他准微笑着，低头踏着他皮靴上的泥尘，我看他是一个诚恳的服务者。

我进了园后门，觉着眼前出现一幅极美丽的景象。我们沿着草径走，极微细的足音，往往惊起草虫的鸣声和蝴蝶的飞舞。那时斜阳挂在林外，碧蓝的天上罩满了锦绣的云霞。我们慢慢地走着，领悟这人生一瞥中的偷快！自然呵！你具有了这种伟大的势力，为什么不把污浊的人心洗清，恶劣的世俗扫净？

绿荫如幕，覆在一角红墙下，分明的鲜艳。我们走过的时候，那树上的叶子都瑟瑟地低声微语，地下的柔苔苍绿杂着红梅的叶儿铺着；我想起那春天的红花在树上摇曳着，弄姿撒娇的样子，知道是做了一场春梦呵！

我们游到葡萄架下，停止我们的行进，作个暂时的休息。我怕蹚过了短桥！那桥下的水是尽其所能地灌园灌艺用的！发源是从井里吸上来的。虽然人工的小河，但流在这种静雅清净的福地，也别有风味，不致埋没它的本质。我们进了葡萄架下，一种清香沁骨，令人神醉。这时候，一个茶役上来招呼，他的态度完全是一个纯洁的园丁——农夫。他来应酬客人也觉着许多天真态度，因为他没有带着平常茶役的假面具。

当时我们坐在架下的角上，上边有绿色的天然葡萄叶，密布着做了天棚，倒坠着许多滴露的葡萄，真令人液涎，从叶缝里能看见一线碧蓝的天纹；下边铺着一层碧苍青苔，踏下去软软的，做了天然地毯。一阵风过处，往往落些小叶，在我的襟上。我极力地镇定着我搏动的热血和呼吸，领受这一瞥中的愉快。现在青年人的幸福，也仅仅是这一途了。那时我回头看梅影，望着小桥下流水发呆！从我旁观者的观察和猜度，知道她觉悟了人生观的大梦，到终究是要醒的。但是在这嚣杂烦扰的社会里，很难窥透着这一点。往往愈入愈迷，愈迷愈有味……虚荣的名利，驱使人牺牲了天良，摧残了个性，劳碌着把自己的躯壳做成个机械去适应社会——环境，并且要自相残杀肃血漂橹。到那白杨潇潇、杜鹃哀啼、荒茫苍凉中，都一样地藏身在一抔黄土之下。回忆起来，不过在人生途中，做了一个罪恶和不觉悟的牺牲！人各有志，梅影虽然雄志赳昂，要做一番惊天动地的大事业出来，为她生命中的光彩，发展她平生的抱负和雄才。不过她是借以消磨那有生命的光阴。她有时为自然界的美一接触时，未尝不觉得是虚幻。我们是不能默默地讨论，宇宙间深奥神妙……往夕思绪飘然，灵魂要飞出去时，草上的小虫，夕阳下树上的秋蝉的唧唧声把我们已飞的神思捕来！梅影一回顾，见我也立在她后面发呆，不禁地扑哧地一笑，反把我吓了一跳。我们遂抛了那沉思的生活，转出了葡萄架后面见那一块广田分畦，种的各种蔬菜，夹杂的一些野花，但却带着点憔悴的色彩，因为经了秋的缘故。有三五农夫似的园丁，蹲在那绿畦里，栽培蔬菜。他见那绿叶的大瓜，面上发出极愉快的微笑；他很乐意把全副的精神，都注在那茂盛实力的收获上。所以他很（热）诚地保护着她。

我们很不愿意离开这深刻缁衣的葡萄架下，但无情的光阴板着脸又赶着我们度黄昏黑暗的生活了。一刹那间的安慰，又匆匆地过去了，那时夕阳残霞照在一片昏黄的草地上，幻出各样的色彩，它也要在未别我们之先，发挥尽它的爱和光——因为他要丢了。那黑暗的魔障逼来了！哦！葡萄架下的回忆也完了。我回忆时的时况，这回要叫人忆了……人生的波，匆匆去了。一点一点的浪花都织在脑海的波澜纹里了。一幕一幕不尽，何时回忆了啊！

玉　薇

　　久已平静的心波，又被这阵风雨，吹皱了几圈纤细的银浪，觉着窒息重压的都是乡愁。谁能毅然决然用轻快的剪刀，挥断这自吐自缚的罗网呵！

　　昨天你曾倚着窗默望着街上往来的车马，有意无意地问我：

　　"波微！前些天你寄我那封信含蓄着什么意思？"

　　我当时只笑了笑，你说了几声"神秘"就走了。今天我忽然想告你一切，大胆揭起这一角心幕给你看：只盼你不要讥笑，也不要惊奇。

　　在我未说到正文以前，先介绍你看一封信，这封信是节录地抄给你：

　　　　飞蛾扑火而杀身，青蚕作茧以自缚，此种现象，岂彼虫物之灵知不足以见及危害？要亦造物网罗有一定不可冲破之数耳。物在此网罗之中，人亦在此网罗之中，虽大力挣扎亦不能脱。

　　　　君谓"人之所幸幸而希望者，亦即我惴惴然而走避者"，实告君，我数年前即为坚抱此趋向之一人，然而信念自信念，事实

124

则自循其道路，绝不与之相伴；结果，我所讪笑为追求者固溺矣，即我走避者，人何曾逃此藩篱？

世界以有生命而存在，我在其狂涡呓梦之中，君亦在其狂涡呓梦之中；吾人虽有时认得狂涡呓梦，然所能者仅不过认识，实际命运则随此轮机之旋转，直至生命静寂而后已。

吾人自有其意志，然此意志，乃绝无权处置其命运，宰制之者乃一物的世界。人苟劝我以憬悟，勿以世为有可爱溺之者；我则愿举我之经验以相告，须知世界绝不许吾人自由信奉其意志也。

我乃希望世人有超人，但却绝不信世上会有超人，世上只充满庸众。吾人虽或较认识宇宙；但终不脱此庸众之范围，又何必坚持违生命法则之独见，以与宇宙抗？

看完这封信，你不必追究内容是什么？相信我是已经承认了这些话是经验的事实的。

近来，大概只有两个月吧！忽然觉得我自己的兴趣改变了，经过许多的推测，我才敢断定我，原来在不知什么时候，我忽然爱恋着一个十七八岁的少女，她是我的学生。

这自然是一种束缚，我们为了名分地位的隔绝，我们的心情是愈压伏愈兴奋，愈冷淡愈热烈；直到如今我都是在心幕底潜隐着，神魂里系念着。她栖息的园林，就是我徘徊萦绕的意境，也就是命运安排好的囚笼。两个月来我是这样沉默着抱了这颗迂回的心，求她的收容。在理我应该反抗，但我决不去反抗，纵然我有力毁碎，有一切的勇力去搏斗，我也不去那样做。假如这意境是个乐园，我愿做个幸福的主人；假如这意境是囚笼，我愿做那可怜的俘虏。

我确是感到一种意念的疲倦了。当桂花的黄金小瓣落满了雪白的桌布，四散着清澈的浓香，窗外横抹着半天红霞时，我每每沉思到她那冷静高洁的风韵。朋友！我心是这样痴，当秋风吹着枯黄的落叶在地上旋舞，枝上的小鸟悼伤失去的绿荫时，我心凄酸得欲流下泪来；但这时偶然听见她一声笑语，我的神经像在荒沙绝漠寻见绿洲一样的欣慰！

我们中间的隔膜，像竹篱掩映着深密芬馥的花朵，像浮云遮蔽着幽静皎洁的月光，像坐在山崖上默望着灿烂的星辉，听深涧流水，疑惑是月娥环佩声似的那样令人神思而梦游。这都是她赐给我的，惟其是说不出，写不出的情境，才是人生的甜蜜，艺术的精深呢！

我们天天见面，然而我们都不说什么话，只彼此默默地望一望。尝试了这种神秘隐约的力的驱使，我可以告诉你，似在月下轻弹琵琶的少女般那样幽静，似深夜含枚急驱的战士般那样渺茫，似月下踏着红叶，轻叩寺门的老僧那样神远而深沉。但是除了我自己，绝没有人相信我这毁情绝义的人，会为了她使我像星星火焰，烧遍了原野似的不可扑灭。

有一天下午，她轻轻推开门站在我的身后，低了头编织她手中的线绳，一点都没有惊动我；我正在低头写我的日记，恰巧我正写着她的名字。她轻轻地叫了一声，我抬起头来从镜子里看见她，那时我的脸红了！半晌才说了一句不干紧要的话敷衍下去；坦白天真的她，何曾知道我这样局促可怜。

我只好保留着心中的神秘，不问它银涛雪浪怎样淹没我，相信那里准有个心在——那里准有个海在。

写到这里我上课去了。吃完饭娜君送来你的信，我钦佩你那超越世界系缚的孤渺心怀，更显出你是如何的高洁伟大，我是如何的沉恋渺小呵！最后你因为朋友病了，战争阻了你的归途，你万分诅恨和惆怅！诚然，因为人类才踏坏了晶洁神秘的原始大地，留下这疏散的鸿爪；因为人类才废墟变成宫殿，宫殿又变成丘陵；因为人类才竭血枯骨，攫去大部分的生命，装潢一部分的光荣。

我们只爱着这世界，并不愿把整个世界供我支配与践踏。我们也愿意戴上银盔，骑上骏马，驰骋于高爽的秋郊，马前有献花的村女，四周有致敬的农夫；但是何忍白玉杯里酌满了鲜血，旗麾下支满了枯骨呢？自然，我们永远是柔弱的女孩，不是勇武的英雄。

这几夜月儿皎莹，心情也异常平静。心幕上掩映着的是秋月、沙场、凝血、尸骸，要不然就是明灯绿帏下一个琴台上沉思的倩影。玉薇！前者何悲壮，后者何清怨？

梅　隐

　　五年前冬天的一个黄昏，我和你联步徘徊于暮云苍茫的北河沿，拂着败柳，踏着枯叶，寻觅梅园。那时群英宴间，曾和你共沐着光明的余晖，静听些大英雄、好男儿的伟论。昨天我由医院出来，绕道去孔德学校看朋友。北河沿败柳依然，梅园主人固然颠沛在东南当革命健儿，但是我们当时那些大英雄、好男儿却有多半是流离漂泊，志气颓丧，事业无成呢！

　　谁也想不到五年后，我由繁杂的心境中拣寻出这样一段回忆。时间一天一天地飞掠，童年的兴趣都在朝霞暮云中慢慢地消失，只剩有青年皎月是照了过去又照现在，照着海外的你，也照着祖国的我。

　　今晨睡眼蒙眬中，你廿六号的信递到我病榻上来了。拆开时，粉色的纸包掉下来，展开温香扑鼻，淡绿的水仙瓣上，传来了你一缕缕远道的爱意。梅隐！我欣喜中，含泪微笑轻轻吻着它，闭目凝思五年未见，海外漂泊的你。

　　你真的决定明春归来吗？我应用什么表示我的欢迎呢？别时同流的酸泪，归来化作了冷漠的微笑；别时清碧的心泉，归来变成了枯竭的沙滩；别时鲜艳的花蕾，归来是落花般迎风撕碎！何处重撷童年红花，何时重摄青春皎颜？挥泪向那太虚，嘘气望着碧空，朋友！什么都逝去了，只有生之轮默默地转着衰老，转着死亡而已。

前几天皇姊由 Sumatra 来信，她对我上次劝她归国的意见有点容纳了，你明春可以绕道去接她回来，省得叫许多朋友都念着她的孤单。她说：

> 在我决志漂泊的长途，现在确乎感到疲倦，在一切异样的习惯情状下，我常想着中华；但是破碎河山，糜烂故乡，归来后又何忍重来凭吊，重来抚慰呢？我漂泊的途程中，有青山也有绿水，有明月也有晚霞，波妹！我不留恋这刹那寄驻的漂泊之异乡，也不留恋我童年嬉游的故国；何处也是漂泊，何时也是漂泊，管什么故国异地呢？除了死，那里都不是我灵魂的故乡。

有时我看见你壮游的豪兴，也想远航重洋，将这一腔烦闷投向海心，浮在天心；只是母亲系缚着我，她时时怕我由她怀抱中逸去，又在我心头打了个紧结。因此，我不能离开她比现在还远一点。许多朋友，看不过我这颓丧，常写信来勉策我的前途，但是我总默默地不敢答复他们，因为他们厚望于我的，确是完全失望了。

近来更不幸了，病神常常用她的玉臂怀抱着我；为了病更使我对于宇宙的不满和怀疑坚信些。朋友！何曾仅仅是你，仅仅是我，谁也不是生命之网的漏鱼，病精神的或者不感受身体的痛苦，病身体的或者不感受精神的斧柯；我呢！精神上受了无形的腐蚀，身体上又受着迟缓而不能致命的痛苦。你一定要问我到底为了什么，但是我怎样告诉你呢，我是没有为了什么的。

病中有一次见案头一盆红梅，零落得可怜，还有许多娇红的花瓣在枝上，我不忍再看她萎落尘土，遂乘她开时采下来，封了许多包，分寄给我的朋友，你也有一包，在这信前许接到了。玉薇在前天寄给我一首诗，谢我赠她的梅花，诗是：

> 话到漂零感苦辛，月明何处问前身？
> 甘将疏影酬知己，好把离魂吊故人。
> 玉碎香消春有恨，风流云散梦无尘。
> 多情且为留鸿爪，他日芸窗证旧因。

同时又接到天辛寄给我的两张画片：一张是一片垂柳碧桃交萦的树林下，立着个绯衣女郎，她的左臂绊攀着杨柳枝，低着头望着满地的落花凝思。一张是个很黯淡苍灰的背景，上边有几点疏散的小星，一个黑衣女郎伏在一个大理石的墓碑旁跪着，仰着头望着星光祈祷——你想她是谁？

梅隐！不知道哪个是象征着我将来的命运？

你给我寄的书怎么还不寄来呢？揆哥给你有信吗？我们整整一年地隔绝了，想不到在圣诞节的前一天，他寄来一张卡片，上边写着：

> 愿圣诞节的仁风，吹散了人间的隔膜；
> 愿伯利恒的光亮，烛破了疑虑的悲哀。

其实，我和他何尝有悲哀，何尝有隔膜？所谓悲哀隔膜，都是环境众人造成的，在我们天真洁白的心版上，有什么值得起隔膜和悲哀的事。现在环境既建筑了隔膜的幕壁，何必求仁风吹散？环境既造成了悲哀，又何必硬求烛破？

　　只要年年圣诞节，有这个机会纪念着想到我们童年的友谊，那我们的友谊已是和天地永存了。揆哥总以为我不原谅他，其实我已替他想得极周到，而且深深了解他的；在这"隔膜"、"悲哀"之中，他才可寻觅着现在人间的幸福；而赐给人间幸福的固然是上帝；但帮助他寻求的，却是他以为不谅解他的波微。

　　我一生只是为了别人而生存，只要别人幸福，我是牺牲了自己也乐于去帮助旁人得到幸福的；过去是这样，现在也是这样，不过我也只是这样希望着，有时不但人们认为这是一种罪恶，而且是一种罪恶的玩弄呢！虽然我不辩，我又何须辩，水枯了鱼儿的死，自然都要陈列在眼前，现在何必望着深渊徘徊而疑虑呢！梅隐！我过去你是比较知道的，和揆哥隔绝是为了他的幸福，和梅影隔绝也是为了她的幸福……因为我这样命运不幸的人，对朋友最终的披肝沥胆，表明心迹的，大概只有含泪忍痛的隔绝吧！

　　母亲很念你，每次来信都问我你的近况。假如你有余暇时你可否寄一封信到山城，安慰安慰我的母亲，也可算是梅隐的母亲。我的病，医生说是肺管炎，要紧大概是不要紧，不过长此拖延，精神上觉着苦痛；这一星期又添上失眠，每夜银彩照着紫蓝绒毡时，我常觉腐尸般活着无味；但一经我抬起头望着母亲的相片时，神秘的系恋，又令我含泪无语。梅隐！我应该怎样，对于我的生，我的死？

给庐隐

《灵海潮汐致梅姊》和《寄燕北诸故人》我都读过了，读过后感觉到你就是我自己，多少难以描画笔述的心境你都替我说了，我不能再说什么了。一个人感到别人是自己的时候，这是多么不易得的而值得欣慰的事，然而，庐隐，我已经得到了。假使我们的世界能这样常此空寂，冷寂中我们又这样彼此透彻地看见了自己，人世虽冷酷无情，我只愿恋这一点灵海深处的认识，不再希冀追求什么了。

在你这几封信中，我才得到了人间所谓的同情，这同情是极其圣洁纯真，并不是有所希冀有所猎获才施与的同情。廿余年来在人间受尽了畸零，忍痛含泪扎挣着，虽弄得遍体鳞伤，鲜血淋淋，仍紧嚼着牙齿作勉强的微笑！我希望在颠沛流离中求一星星同情和安慰，以鼓舞我在这人世战斗的勇气；然而得到的只是些冷讽热笑，每次都跌落在人心的冷森阴险中而饮泣！此后我禁受不住这无情的箭镞，才想逃避远离开这冷酷的世界和人类；因之我脱离了学校生活，踏入了世界的黑洞后，我往昔天真烂漫的童心，都改换成冷枯孤傲的性情。一年一年送去可爱的青春，一步一步陷落在满是荆棘的深洞，嘲笑讪讽包围了我，同情安慰远离着我，我才诅咒世界，厌恶人类，怨我的希望欺骗了自己。想不到遥远的海滨，扰攘的人群中，你寄来这深厚的安慰和同情，我是如何的欣喜呵！惊颤地揭起了心幕收容她，收容她在我心的深处；我怕她也许不久会消失或者飞去！这并不是我神经过敏，朋友！我也曾几度发现过这样的同情，结果不是赝鼎便是雪杯，不久便认识了真伪而消灭。这种同情便是我上边所说有所希冀猎获而施与的，自然我不能与人以希冀猎获时，同情安慰也是终于要遗弃我的。朋友！写到这里我不能再写下去了，你百战的勇士，也许曾经有过这样的创伤！

自从得到了你充满热诚和同情的信后，我每每在静寂的冷月寒林下徘徊，虽然我只看见是枯干的枝丫，但是也能看见她含苞的嫩芽和春来时碧意迷漫的天地。我知所忏悔了，朋友！以后我不再因自己的失意而诅咒世界的得意，因为自己未曾得到而怨恨人间未曾有了；如今漠漠干枯的寒林，安知不是将来如云如盖的绿荫呢！人生是时时在追求扎挣中，虽明知是幻象虚影，然终于不能不前去追求，明知是深涧悬崖，然终于不能不勉强扎挣；你我是这样，许多众生也是这样，然而谁也不能逃此网罗以自救拔。大概也是因此吧！才有许多伟大反抗的志士英雄，在辗转颠沛中，演出些惊人心魂的悲剧，在一套陈古的历史上，滴着鲜明的血痕和泪迹。朋友！追求扎挣着向前去吧！我们生命之痕用我们的血泪画写在历史之一页上，我们弱小的灵魂，所滴沥下的血泪何尝不能惊人心魂，这惊人心魂的血泪之痕又何尝不能得到人类伟大的同情。命运是我们手中的泥，一切生命的铸塑也如手中的泥，朋友！我们怎样把我们自己铸塑呢？只在乎我们自己。

说得太乐观了，你要笑我吧？怕我们才是命运手中的泥呢！我也觉这许多年中只是命运铸塑了我，我何尝敢铸塑命运。真是梦呓，你也许要讥我是放荡不羁的天马了。其实我真愿做个奔逸如狂飙似的骏马，把我的生命都载在小小鞍上，去践踏翻这世界的地轴，去飞扬起这宇宙的尘沙，使整个世界在我的足下动摇，整个宇宙在我铁蹄下毁灭！然而，朋友！我终于是不能真的做天马，大概也是因为我终于不是天马。每当我束装备鞍，驰驱赴敌时，总有人间的牵系束缚我，令我毁装长叹！至如今依然蜷伏槽下咀嚼这食厌了的草芥，依然镇天回旋在这死城而不能走出一步；不知是环境制止我，还是自己的不长进，我终于是四年如一日地过去。朋友！你也许为我的抑郁而太息，我不仅不能做一件痛快点不管毁灭不管建设的事业，怕连个直截了当、极迅速极痛快的死也不能。唉！谁使我这样抑郁而生抑郁而死呢！是社会，还是我自己？我不能解答，怕你也不能解答吧！因之，我有许多事要告诉你，结果却只是默无一语，"多少事欲说还休"，所以我望着"征鸿过尽，万千心事难寄"！

我默无一语的，总是背着行囊，整天整夜地向前走，也不知何处是我的归处，是我走到的地方。只是每天从日升直到日落，走着，走着，无论怎样风雨疾病，艰险困难，未曾停息过；自然，也不允许我停息，假使我未走到我要去地方，那永远停息之处。我每天每夜足迹踏过的地方，虽然都让尘沙掩埋，或者被别人的足踪踏乱已找不到痕迹，然而心中恍惚的追忆是和生命永存的，而我的生命之痕便是这些足迹。朋友！谁也是这样，想不到我们来到世界只是为了踏几个足印，我们留给世界的也是几个模糊零碎不可辨的足印。

我们如今是走着走着，同时还留心足底下践踏下的痕迹，欣慰因此，悲愁因此。假使我们如庸愚人们的走路，一直走去，遇见歧路不彷徨，逢见艰险不惊悸，过去了不回顾，踏下去不踟蹰，那我们一样也是浑浑噩噩从生到死，绝没有像我们这样容易动感，践了一只蚂蚁也会流泪的。朋友！太脆弱了，太聪明了，太顾忌了，太徘徊了！才使我们有今日，这也欣慰、也悲凄的今日。

庐隐！我满贮着一腔有情的热血，我是愿意把冷酷无情的世界，浸在我热血中；知道终于无力时，才抱着这怆痛之心归来，经过几次后，不仅不能温暖了世界，连自己都冷凝了。我今年日记里有这样一段记述：

我只是在空寂中生活着，我一腔热血，四周环以泥泽的冰块，使我的心感到凄寒，感到无情。我的心哀哀地哭了！我为了寒冷之气候也病了。

这几天离开了纷扰的环境，独自睡在这静寂的斗室中，默望着窗外的积雪，忽然想到人生的究竟，我真不能解答，除了死。火炉中熊熊发光的火花，我看着它烧成一堆灰烬，它曾给与我的温热是和灰烬一样逝去；朝阳照上窗纱，我看着西沉到夜幕下，它曾给与我的光明是和落日一样逝去。人们呢，劳动着，奔忙着，从起来一直睡下，由梦中醒来又入了梦中，由少年到老年，由生到死……人生的究竟不知是什么？我病了，病中觉得什么都令人起了怀疑。

青年人的养料唯一是爱，然而我第一便怀疑爱，我更讪笑人们口头笔尖那些诱人昏醉的麻剂。我都见过了——甜蜜、失恋、海誓山盟、生死同命，怀疑的结果是，我觉得这一套都是骗，自然不仅骗别人，连自己的灵魂也在内。宇宙一大骗局。或者也许是为了骗吧，人间才有一时的幸福和刹那的欣欢，而不是永久悲苦和悲惨！

我的心应该信仰什么呢？宇宙没有一件永久不变的东西。我只好求之于空寂。因为空寂是永久不变的，永久可以在幻望中安慰你自己的。

　　我是在空寂中生活着，我的心付给了空寂。庐隐！怔视在悲风惨日的新坟之旁，含泪仰视着碧澄的天空，即人人有此境，而人人未必有此心；然而朋友呵！我不是为了倚坟而空寂，我是为了空寂而倚坟；知此，即我心自可喻于不言中。我更相信只有空寂能给与我安慰和同情，和人生战斗的勇气！黄昏时候，新月初升，我常向残阳落处而挥泪！"望断斜阳人不见，满袖啼红。"这时凄怆悲绪，怕天涯只有君知！

　　北京落了三尺深的大雪，我喜欢极了，不论日晚地在雪里跑、雪里玩，连灵魂都涤洗得像雪一样清冷洁白了。朋友！假使你要在北京，不知将怎样的欣慰呢！当一座灰城化成了白玉宫殿水晶楼台的时候，一切都遮掩涤洗尽了的时候。到如今雪尚未消，真是冰天雪地，北地苦寒；尖利的朔风彻骨刺心一般吹到脸上时，我咽着泪在扎挣抖颤。这几夜月色和雪光辉映着，美丽凄凉中我似乎可以得不少的安慰，似乎可以听见你的心音的哀唱。

　　间接地听人说你快来京了。我有点愁呢，不知去车站接你好呢，还是躲起来不见你好，我真的听见你来了我反而怕见你，怕见了你我那不堪描画的心境要向你面前粉碎！你呢，一天一天，一步一步走近了这灰城时，你心抖颤吗？哀泣吗？我不敢想下去了。好吧！我静等着见你。

寄海滨故人

一

这时候我的心流沸腾得像红炉里的红焰，一支一支怒射着，我仿佛要烧毁了这宇宙似的；推门站在寒风里吹了一会儿，抬头看见冷月畔的孤星，我忽然想到给你写这封信。

露沙！你听见我这样喊你时，不知你是惊奇还是抖颤！假如你在我面前，听了我这样喊你的声音，你一定要扑到我怀中痛哭的。世界上爱你的母亲和涵都死了，知道你、同情你、可怜你，看你由畸零而走到幸福，由幸福又走到畸零的却是我。露沙！我是盼望着我们最近能见面，我握住你的手，由你饱经忧患的面容上，细认你逝去的生命和啼痕呢！

半年来，我们音信的沉寂，是我有意地隔绝。在这狂风恶浪中扎挣的你，在这痛哭哀泣中辗转的你，我是希望这时你不要想到我，我也勉强要忘记你的。我愿你掩着泪痕望着你这一段生命火焰，由残余而化为灰烬，再从凭吊悼亡这灰烬的哀思里，埋伏另一火种，爆发你将来生命的火焰。这工作不是我能帮助你，也不是一切人所能帮助你，是要你自己在深更闭门暗自呜咽时去沉思，是要你自己在人情炎凉世事幻变中去觉醒，是要你自己披刈荆棘跋涉山川时去寻觅。如今，谢谢上帝，你已经有了新的信念，你已经有了新的生命的火焰，你已经有了新的发现。我除了为你庆慰外，便是一种自私的欣喜，我总觉如今的你可以和我携手了，我们偕行着去走完这生的路程；希望在沿途把我们心胸中的热血烈火尽量地挥洒，尽量地燃烧，"焚毁世界一切不幸者的手铐足镣，扫尽人间一切愁惨的阴霾"。假使不能如意，也愿让热血烈火淹沉烧枯了我们自己，这才不辜负我们认识一场，和这几年我所鼓励你、希望你的心。两年前我寄给你的信里曾这样说过：

你我无端邂逅，无端缔交，上帝的安排，有时原觉多事。我于是常奢望着你，在锦帷绣幕之中，较量柴米油盐之外，要承继着你从前的希望，努力去作未竟的事业，因之不惮烦厌，在你香梦正酣时，我常督促你的警醒。不过，相信一个人由青山碧水到了崎岖荆棘的路上，由崎岖荆棘中又到了柳暗花明的村庄，已感到人世的疲倦，在这期内，彻悟了的自然又是一种人生。

在学校时，我见你激昂慷慨的态度，我曾和婉说你是"女儿英雄"；有时我逢见你和莹坐在公园茅亭中大嚼时，我曾和婉说你是"名士风流"。想到《扶桑余影》，当你握着利如宝剑的笔锋，铺着云霞天样的素纸，立在万仞峰头，俯望着千仞飞瀑的华严泷，凝思神往时，原也曾独立苍茫，对着眼底的河山，吹弹出雄壮的悲歌；曾几何时，栉风沐雨的苍松，化作了醺醉阳光的蔷薇。

原谅我，露沙！那时我真不满意你，所以我常要劝你不要消沉，湮灭了你文学的天才和神妙的灵思。不过，你那时不甘雌伏的雄志，已被柔情万缕来纠结，我也常叹息你实有不得已的苦衷。涵的噩耗传来时，我自然为了你可怜的遭遇而痛心，对你此后畸零漂泊的身世更同情，想你经此重创一定能造成一个不可限量的女作家，只要你自己肯努力；但是这仅仅是远方故人对你在心头未灰的一星火烬，奢望你能由悲痛颓丧中自拔超脱，以你自己所受的创痛，所体验的人生，替多少有苦说不出的朋友们泄泄怨恨，也是我们自己借此忏悔借此寄托的一件善事。万想不到露沙，你已经驰驱赴敌，荷枪实弹地立在阵前了，我真喜欢。你说：

> 朋友！我现在已另找到途径了，我要收纳宇宙间所有的悲哀之泪泉，使注入我的灵海，方能兴风作浪；并且以我灵海中深渊不尽的百流填满这宇宙无底的缺陷。吾友！我所望的太奢吗？但是我绝不以此灰心，只要我能做的时候，总要这样做，就是我的躯壳成灰，倘我的一灵不泯，必不停止地继续我的工作。

我不知你现在心情到底怎样？不过，我相信你心是冷寂宁静的，况且上帝又特赐你那样幽雅辽阔的境地，正宜于一个饱经征战的勇士，退休隐息。你仔细去追忆那似真似梦的人生吧，你沉思也好，你低泣也好，你对着睡了的萱儿微笑也好，我想这样美妙的缺陷，未尝不是宇宙间一种艺术。露沙！原谅我这话说得过分的残忍冷酷吧！

暑假前我和俊因、文菊常常念着你，为了减少你的悲绪，我们都盼望你能北来。不过，露沙！那时候的北京和现在一样，是一座伟大的死城，里边乌烟瘴气，呼吸紧促，一点生气都没有，街市上只看见些活骷髅和迷人眉目的沙尘。教育界更穷苦，更无耻，说起来都令人

139

掩鼻。在现在我们无力建设合理的新社会新环境之前，只好退一步求暂时的维持，你既觉在沪尚好，那你不来这死城里呼吸自然是我最庆欣的事。

这两年来，我在北京看见不少惊心动魄的事，我才知道世界原来是罪恶之薮，置身此中，常常恍非人间，咽下去的眼泪和愤慨不知有多少了。我自然不能具体地告诉你，不过你也许可以体会到吧，这"人为刀俎，我为鱼肉"的生活。

二

如今，说到我自己了。

说到我自己时，真觉羞愧，也觉悲凄；除了日浸于愁城恨海之外，我依然故我，毫无寸进可述。对家庭对社会，我都是个流浪漂泊的闲人。读了《蔷薇》中《涛语》，你已经知道了。值得你释念的，便是我已经由积沙岩石的旋涡中，流入了坦平的海道，我只是这样寂然无语地从生之泉流到了死之海；我已不是先前那样呜咽哀号、颓丧沉沦，我如今是沉默深刻，容忍含蓄人间一切的哀痛，努力去寻求真实生命的战士。对于一切的过去，我仍不愿抛弃，不能忘记，我仍想在波涛落处、沙痕灭处，独自踟蹰徘徊凭吊那逝去的生命，像一个受伤的战士，在月下醒来，望着凌乱烬余、人马倒毙的战场而沉思一样。

玉薇说她常愿读到我的信，因为我信中有"人生真实的眼泪"，其实，我是一个不幸的使者。我是一个死的石像，一手执着红艳的酒杯，一手执着锐利的宝剑，这酒杯沉醉了自己又沉醉了别人，这宝剑刺伤了自己又刺伤了别人。这双锋的剑永远插在我心上，鲜血也永远是流在我身边的；不过，露沙！有时我卧在血泊中抚着插在心上的剑柄会微笑的，因为我似乎觉得骄傲！

露沙！让我再说说我们过去的梦吧！

入你心海最深的大概是梅窠吧，那时是柴门半掩，茅草满屋顶的一间荒斋。那里有我们不少浪漫的遗痕，狂笑、高歌、长啸低泣，酒杯伴着诗集。想起来真不像个女孩儿家的行径。你呢，还可加个名士文人自来放浪不羁的头衔；我呢，本来就没有那种豪爽的气魄，但是我随着你亦步亦趋地也学着喝酒吟诗。有一次秋天，我们在白屋中约好去梅窠吃菊花面，你和晶清两个人，吃了我四盆白菊花。她的冷香洁质都由你们的樱唇咽到心底，我私自为伴我一月的白菊庆欣，她能不受风霜的欺凌摧残，而以你们温暖的心房，作埋香殡骨之地。露沙！那时距今已有两年余，不知你心深处的冷香洁质是否还依然存在？

自从搬出梅窠后，我连那条胡同都未敢进去过，听人说已不是往年残颓凄凉的荒斋，如今是朱漆门金扣环的高楼大厦了。从前我们的遗痕豪兴都被压埋在土底，像一个古旧无人知的僵尸或骨殖一样。只有我们在天涯一样漂泊、一样畸零的三个女孩儿，偶然间还可忆起那幅残颓凄凉的旧景，而惊叹已经葬送了的幻梦之无凭。

前几天飞雪中，我在公园社稷台上想起海滨故人中，你们有一次在月光下跳舞的记述。你想我想到什么呢？我忽然想到由美国归来，在中途卧病，沉尸在大海中的瑜，她不是也曾在海滨故人中当过一角吗？这消息传到北京许久了，你大概早已在一星那里知道这件惨剧了。她是多么聪慧、伶俐、可爱的女郎，然而上帝不愿她在这污浊的人间久滞留，把她由苍碧的海中接引了去。露沙！我不知你如今有没有勇气再读海滨故人？真怅惘，那里边多是些不堪回首的往事。

有时我很盼能忘记了这些系人心魂的往事，不过我为了生活，还不能抛弃了我每天驻息的白屋。不能抛弃，自然便有许多触目伤心的事来袭击我，尤其是你那瘦肩双耸、愁眉深锁的印影，常常在我凝神沉思时涌现到我的眼底。自从得到涵的噩耗后，每次我在深夜醒来，便想到抱着萱儿偷偷流泪的你，也许你的泪都流到萱儿可爱的玫瑰小脸上。可怜她，她不知道在母亲怀里睡眠时，母亲是如何的悲苦凄伤，在她柔嫩的桃腮上便沾染了母亲心碎的泪痕！露沙！我常常这样想到你，也想到如今唯一能寄托你母爱的薇萱。

如今，多少朋友都沉尸海底，埋骨荒丘！他们遗留在人间的不知是什么？他们由人间带走的也不知是什么？只要我们尚有灵思，还能忆起梅窠旧梦；你能远道寄来海滨的消息，安慰我这"踞石崖而参禅"的老僧，我该如何的感谢呢！

三

《寄天涯一孤鸿》我已读过了——你是成功了，"读后竟为之流泪，而至于痛哭"！那天是很黯淡的阴天，我在灰尘的十字街头逢见女师大的仪君，她告我《小说月报》最近期有你寄给我的一封信，我问什么题目，她告诉我后我已知道内容了。我心海深处忽然汹涌起惊涛骇浪，令我整个的心身受其波动而晕绝！那时已近黄昏，雇了车在一种恍惚迷惘中到了商务印书馆。一只手我按着搏跳的心，一只手抖颤着接过那本书，我翻见了"寄天涯一孤鸿"六字后，才抱着怆痛的心走出来。这时天幕上罩了黑的影，一重一重地迫近，像一个黑色的巨兽；我不能在车上读，只好把你这纸上的心情，握在我抖颤的手中温存着。车过顺治门桥梁时，我看着护城河两堤的枯柳，一口一口把我的凄哀咽下去。到了家在灯光下含着泪看完，我又欣慰又伤感，欣慰的是我在这冷酷的人间居然能找到这样热烈的同情，伤感的是我不幸我何幸也能劳你濡泪滴血的笔锋，来替我宣泄积闷。

那一夜我是又回复到去年此日的心境。我在灯光下把你寄我的信反复再读，我真不知泪从何来，把你那四页纸都染遍了湿痕。露沙！露沙！你一个字一个字上边都有我碎心落泪的遗迹。你该胜利地一笑吧！为了你这封在别人视为平淡在我视为箭镞的信，我一年来勉强扎挣起来的心灵身躯，都被你一字一字打倒，我又躺在床上掩被痛哭！一直哭到窗外风停云雾，朝霞照临，我才换上笑靥走出这冷森的小屋，又混入那可怕的人间。露沙！从那天直到如今，我心里总是深画着怆痛，我愿把这凄痛寄在这封信里，愿你接受了去，伴你孤清时的怀忆。

许久未痛哭了，今年暑假由山城离开母亲重登漂泊之途时，我在石家庄正太饭店曾睡在梅隐的怀里痛哭了一场。因为我不能而且不忍把我的悲哀露了，重伤我年高双亲的心，所以我不能把眼泪流在他们面前，我走到中途停息时才能尽量地大哭。梅隐她也是漂泊归来又去漂泊的人，自然也尝了不少的人世滋味，那夜我俩相伴着哭到天明。不幸到北京时，我就病了。半年来我这是第二次痛哭，读完你"寄天涯一孤鸿"的信。

我总想这一瞥如梦的人生，能笑时便笑，想哭时便哭；我们在坎坷的人生道上，大概可哭的事比可笑的事多，所以我们的泪泉不会枯干。你来信说自涵死你痛哭后，未曾再哭，我不知怎样有这个奢望，我觉你读了我这封信时你不能全忘情吧？！

这些话可以说都是前尘了，现在我心又回到死寂冷静，对一切不易兴感；很想合着眼摸索一条坦平大道，卜卜我将来的命运呢！你释念吧，露沙！我如今不令过分的凄哀伤及我身体的。

晶清或将在最近期内赴沪，我告她到沪时去看你，你见了她梅窠中相逢的故人，也和见了我一样；而且她的受伤、她的畸零，也同我们一样。请你好好抚慰她那跋涉崎岖惊颤之心，我在京漂泊详状她可告你。这或者是你欢迎的好消息吧！？

　　这又是一个冬夜，狂风在窗外怒吼，卷着尘沙扑着我的窗纱像一个猛兽的来袭，我惊惧着执了破笔写这沥血滴泪的心痕给你。露沙！你呢？也许是在睁着枯眼遥望银河畔的孤星而咽泪，也许是拥抱着可爱的萱儿在沉睡。这时候呵！露沙！是我写信的时候。

真　实

觉　先

我要将我的空灵的思想着迹在纸上，我要将我的对于环境一切的感念倾吐出来，我愿将处在这范围内真实的我暴露出来，所以我来写这断断片片的文字。

一

复杂的思想，易受刺激，就是易于悲哀的源泉。对于这个世界，漠视的悲哀，久已蓄在心头。我自己不敢认为知者，但举目看看现身繁华境中、锦绣堆里的人们，何尝知有世界？更何尝知世界的一切艰难困苦？天上有愁云，人间有苦恼，造物者并不将这重隔膜穿破，人们便一齐地蒙蔽在这重隔膜之下。唉！提起人类来，真不知要使我探出多少血泪来，明明过的是昏天暗地的生活，他们偏要说青天白日；

145

明明的是在明枪利刃地搏战着，他们偏要说爱民救国。我恨不能挥开我的理智的利斧，去掐破这重面具。可怜无知的庸众，盲目地受这些伪君子的骗。利刃刺破他的皮肤不觉痛，疾风暴雨将要淋在他的身上不知防，还要高声朗诵着“人生行乐耳”等等的自安话。终日在鼓里过日子，严格地说一句批评他们的话：“简直是疯子！”尤其可怜的是多数受教育的人——所谓懂事的人，一样地混混沌沌地邀日子，一天一天地说笑玩乐；他们的说笑玩乐，就是他们所认定的人生的真义，只知其当然，而不知其所以然地对付，还要自认高明。社会的势利，全被他们操纵了，岂不可惜？但我不忍作旁观者的呻吟！挽狂澜于既倒，扶大厦于将倾，这正是我们知识阶级的任务，在此点我焉能不修养自己的一切于现在？

二

前些日子，见同学们有抄录八股文的举动，不禁使我发疑；这是什么时代，还想复古吗？旧社会的传统因袭的思想，还嫌不坚固吗？还想去建筑？我真不解用意何在！这种雕刻的文字，不过是粉饰贵族的文人罢了！它教我们感受到什么？我们读完它觉得怎样？我们可以不可以称之为文学？退一步讲，我的眼光见解固然幼稚不配批评文学，但我总觉得这些死板的文字，不能称之为纯文艺。

我承认我们的思想都在幼稚时期，对于一切的鉴别力还弱，但学然后知不足，因为不满足现在一切的结果，所以力求自新之道应运而生。发挥我的浪漫的天性去为学对人，持着真理的信条、中心的信仰，去创造再新的思想，努力于学术的研究；以后再进展于团体人类，或可于人类有些作为。

三

风雨飘摇的大局，北地恐怕又入战涡中，学校的前途是怎样的危险！和同学们聚集着恐怕地谈时局，提到我们女子的自身，又一同地发浩叹。因而想到北京女师大的"八一惨变"来，能不痛心？摧残女权运动的蟊贼——章士钊，他胆敢以黑暗糟践了光明，我们女界，推之于全人类，于他应当如何的处置！哦！不仅是他一人——章士钊——我们渺茫的前程上的暗礁，不只是他一个，我们要怎样战战兢兢地奋斗着渡过了这世界啊！

可怜的天津，乌烟瘴气的市气！万恶的军阀，竟来用愚民政策，封闭我们的思想，以刀枪一般的铁索，连着了全津一切的机关。好！漫天撒下自由种，伫看将来爆发时！孙中山先生的遗言，已成为镌在心板上至深的痕迹。我们暂且修炼着手段，将来好一同地合起力来，去一同地打碎我们的囹圄。看！这，一般越狱的犯卒们所造的社会。所以我对于时局不敢消极，当认为这正是给我们培养能力的好时期。

我承认宇宙无论变迁到什么程度，人世凄凉到什么地步，终有自我的存在，就不能不认为人类是当有所为的。就是对于一切的贡献和创造，又哪能不从自我开端？欲求自我的实现，不得不作一个创造的生活；同时具有破坏的精神，破坏什么？破坏阻障。

> 我的真实是什么，
>
> 在碧涛万顷，浩荡急流之上，
>
> 荡着我生命的小舟；
>
> 饱尝了颠簸，

受尽了折磨。

我不怕翻花银浪的汹涌！

我不怕蛟龙长鲸的潜伏！

凭着操纵命运的魄力，

把着双桨，鼓棹前进，

做一个发现新大陆的哥伦布！

在阴霾迷蒙，狂风暴雨之下，

披着我的蔽雨的薄衫；

风掣开我的衣襟，

雨湿了我的短裙。

我不怕狂飙怒号的威胁！

我不怕淋漓暴雨的袭击！

恃着抗争造物的雄怀，

咬紧牙关，冲风急趋，

做一林雨中蓬勃的青松！

在怪石嵯峨的黍夜旅途之中，

撑着我的闪烁的心灯；

握住了刺刀，

割除了荆棘。

我不怕深夜狰狞的旅途！

我不怕豺狼遍地的幽谷！

凭着开凿光明的壮志，

攀着怪石，奔向绝巅，

做一个扶云放歌的孤鸿！

奏着凯歌，归来之日，

伴着双亲，偕着弱妹，

遨游四海，

放棹五湖。

不效放手清流的屈子！

不效骑鲸捉月的太白！

攫得自由，

克达素志，

讴歌着自然而终，

这是我生之意蕴！

梦呓

一

我在扰攘的人海中感到寂寞了。

今天在街上遇见一个老乞婆，我走过她身边时，她流泪哀告着她的苦状，我施舍了一点。走前未几步，忽然听见后面有笑声，那笑声刺耳得可怕！回头看，原来是刚才那个哭得很哀痛的老乞婆，和另一个乞婆指点我的背影笑！她是胜利了，也许笑我的愚傻吧！我心战栗着，比逢见疯狗还怕！

其实我自己也和老乞婆一样呢！

初次见了我的学生，我比见了我的先生怕百倍，因为我要在她们面前装一个理想的先生，宏博的学者，经验丰富的老人……笑一天时，回来到夜里总是哭！因为我心里难受，难受我的笑！

对同事我比对学生又怕百倍。因为她们看是轻藐的看，笑是讥讽的笑；我只有红着脸低了头，咽着泪笑出来！不然将要骂你骄傲自

150

大……后来慢慢练习成了，应世接物时，自己口袋里有不少的假面具，随时随地可以掉换，结果，有时连自己都不认识自己是谁！

所以少年人热情努力的事，专心致志的工作，在老年人是笑为傻傻的！青年牺牲了生命去和一种相对的人宣战时，胜利了，老年人默然；失败了，老年人慨着说："小孩子，血气用事，傻极了。"无论怎样正直不阿的人，他经历和年月增多后，你让和一个小孩子比，他自然是不老实、不纯真。

冲突和隔膜在青年和老年人中间，成了永久的鸿沟。

世界自然是聪明人多，非常人几乎都是精神病者和天分有点愚傻的。在现在又时髦又愚傻的自然是革命了，但革命这又是如何傻的事呵！不安分地读书，不安分地做事，偏偏牺牲了时间、幸福、生命、富贵，去做那种为了别人将来而抛掷自己眼前的傻事，况且也许会捕捉住坐监牢，白送死呢！因为聪明人多，愚傻人少，所以世界充塞满庸众，凡是一个建设毁灭特别事业的人，在未成功前，聪明人一定以为他是醉汉疯子呢！假使他是狂热燃烧着，把一切思索力都消失了的时候，他的力量是可以惊倒多少人的，也许就杀死人，自然也许被人杀。也许这是愚傻的代价吧！历史上值得令人同情敬慕的几乎都是这类人，而他们的足踪是庸众践踏不着的，这光荣是在血泊中坟墓上建筑着！

唉！我终于和老乞婆一样。我终于是安居在庸众中。我终于是践踏着聪明人的足踪。我笑得很得意，但哭得也哀痛！

二

世界上懦弱的人，我算一个。

大概是一种病症，没有检查过，据我自己不用科学来判定，也许是神经布得太周密了，心弦太纤细了的缘故。这是值得鄙视哂笑的，假如忠实地说出来。

小时候家里宰鸡，有一天被我看见了，鸡头倒下来把血流在碗里。那只鸡是生前我见惯的，这次我眼泪汪汪哭了一天，哭得母亲心软了，由着我的意思埋了。这笑谈以后长大了，总是个话柄，人要逗我时，我害羞极了！其实这真值得人讪笑呢！

无论大小事只要触着我，常使我全身震撼！人生本是残杀搏斗之场，死了又生，生了再死，值不得兴什么感慨。假如和自己没有关系。电车轧死人，血肉模糊成了三段，其实也和杀只羊一样，战场上堆尸流血的人们和些蝼蚁也无差别，值不得动念的。围起来看看热闹，战事停止了去凭吊沙场，都是闲散中的消遣；谁会真的挥泪心碎呢！除了有些傻气的人。

国务院门前打死四十余人，除了些年轻学生外，大概老年人和聪明人都未动念，不说些"活该"的话已是表示无言的哀痛了。但是我流在和珍和不相识尸骸棺材前的泪真不少，写到这里自然又惹人笑了！傻得可怜吧？

蔡邕哭董卓，这本是自招其殃！但是我的病症之不堪救药，似乎诸医已束手了。我悒郁的心境，惨愁的像一个晒干的橘子，我又为了悸惊的噩耗心碎了！

我愿世界是永远和爱，人和人、物和物都不要相残杀、相践踏，不要众欺寡、强凌弱；但这些话说出来简直是无知识，有点常识的人是能了悟，人生之所进化和维持都是缘乎此。

长江是血水，黄浦江是血水，战云弥漫的中国，人的生命不如蝼蚁，活如寄，死如归，本无什么可兴感的。但是懦弱的我，终于瞻望云天，颤荡着我的心祷告！

我忽然想到世界上，自然也有不少傻和懦弱如我的人，假如果真也有些眼泪是这样流，伤感是这样深时，世界也许会有万分之一的平和之梦的曙光照临吧！

　　这些话是写给小孩子和少年人的，聪明的老人们自然不必看，因为浅薄得太可笑了。

痛哭和珍

和珍！冷得我抖颤，冷得我两腿都抖颤！一只手擦着眼泪，一只手扶着被人踏伤的晶清，站在你灵前。抬起头，香烟缭绕中，你依然微笑地望着我们。

我永不能忘记你红面庞上深深的一双酒靥，也永不能忘记你模糊的血迹，心肺的洞穿！和珍，到底哪一个是你？是那微笑的遗影，还是那遗影后黑漆的棺材？

惨淡庄严的礼堂，供满了鲜花，挂满了素联，这里面也充满了冷森，充满了凄伤，充满了同情，充满了激昂！多少不相识的朋友们都掬着眼泪，来到这里吊你、哭你，看那渗透了鲜血的血衣！

多少红绿的花圈，多少赞扬你哀伤你的挽联，这不是你遗给我们的，最令我们触目惊心的便是你的血尸、你的血衣！你的血虽然冷了，温暖了的是我们的热血；你的尸虽然僵了，铸坚了的是我们的铁志。

最懦弱、最可怜的是这些只能流泪，而不敢流血的人们。此后一定有许多人踏向革命的途程，预备好了一切去轰击敌人！指示我们吧，和珍，我也愿将这残余的生命，追随你的英魂！

四围都是哀声，似乎有万斤重闸压着不能呼吸，烛光照着你的遗容，使渺小的我不敢抬起头来。和珍！谁都称你作烈士，谁都赞扬你死得光荣，然而我只痛恨、只伤心，这黑暗崎岖的旅途谁来导领？多少伟大的工程凭谁来完成？况且家中尚有未终养的老母，未成年的弱弟，等你培植，待你孝养？

不幸，这些愿望都毁灭在砰然一声的卫士手中！

当偕行社同学公祭你时，她们的哀号，更令我心碎！你怎忍便这样轻易撒手地离开了她们，在这虎威抖擞、豺狼得意的时候。自杨荫榆带军警入校，至章士钊雇老妈拖出，一直是同患难，同甘苦，同受惊恐，同遭摧残，同到宗帽胡同，同回石驸马大街。三月十八那天也是同去请愿，同在枪林弹雨中扎挣，同在血泊尸堆上逃命；然而她们都负伤生还，只有你，只有你是惨被屠杀！

她们跟着活泼微笑的你出校，她们迎着血迹模糊的你归来，她们怎能不痛哭战线上倒毙的勇士，她们怎能不痛哭战斗正殷中失去了首领！

一年来你们的毅力，你们的精神，你们的意志，一直是和恶势力奋斗抵抗；你们不仅和豺狼虎豹战，狗鼠虫豸战，还和绅士式的文妖作敌，贵族式的小姐忌恨。如今呢，可怜她们一方面要按着心灵的巨创，去吊死慰伤，一方面又恐慌着校长通缉、学校危险，似乎这艰难缔造的大厦，要快被敌人的铁骑蹂躏！

和珍！你一瞑目，一撒手，万事俱休。但是她们当这血迹未干，又准备流血的时候，能不为了你的惨死，瞻望前途的荆棘黑暗而自悲自伤吗？你们都是一条战线上的勇士，追悼你的，悲伤你的，谁能不回顾自己。

你看她们都哭倒在你灵前，她们是和你偕行去，偕行归来的朋友们；如今呢，她们是虎口余生的逃囚，而你便做了虎齿下的牺牲，此后你离开了她们永不能偕行。

和珍！我不愿意你想起我，我只是万千朋友中一个认识的朋友，然而我永远敬佩你做事的毅力和任劳任怨的精神，尤其是你那微笑中给予我的热力和温情。前一星期我去看晶清，楼梯上逢见你，你握住我的手，微笑地静默了几分钟，半天你问了一句："晶清在自治会你看见吗？"便下楼去了。这印象至如今都很真地映在我脑海。第二次见你便是你的血尸，那血迹模糊、洞穿遍体的血尸！这次你不能微笑了，只怒目切齿地瞪视着我。

自从你血尸返校，我天天抽空去看你，看见你封棺、漆材和今天万人同哀的追悼会。今天在你灵前，站了一天，但是和珍，我不敢想到明天！

现在夜已深了，你的灵前大概也绿灯惨惨、阴气沉沉得静寂无人，这是你的尸骸在女师大最后一夜的停留了，你安静地睡吧！不要再听了她们的哭声而伤心！明天她们送灵到善果寺时，我不去执绋了，我怕那悲凉的军乐，我怕那荒郊外的古刹，我更怕街市上、灰尘中那些蠕动的东西。他们比什么都蠢，他们比什么都可怜，他们比什么都残忍，他们整个都充满了奴气。当你的棺材、你的血衣经过他们面前，触入他们眼帘时，他们一面瞧着热闹，一面悄悄地低声咒骂你"活该"！他们说：

"本来女学生起什么哄，请什么愿，亡国有什么相干？"

虽然我们不要求人们的同情，不过这些寒心冷骨的话，我终于不敢听、不敢闻。自你死后，自这大屠杀闭幕后，我早已失丢了，吓跑了，自己终于不知道竟究去了哪里？

和珍！你明天出了校门走到石驸马大街时，你记得不要回头。假

156

如回头，一定不忍离开你自己纤手铁肩，惨淡缔造的女师大；假如回头，一定不忍舍弃同患难，同甘苦的偕行诸友；假如回头，你更何忍看见你亲爱的方其道，他是万分懊丧，万分惆怅，低头洒泪在你的棺后随着！你一直向前去吧，披着你的散发，滴着你的鲜血，忍痛离开这充满残杀、充满恐怖、充满豺狼的人间吧！

沉默是最深的悲哀，此后你便赠给我永久的沉默。

我将等着，能偷生时我总等着，有一天黄土埋了你的黑棺，众人都离开你、忘记你，似乎一个火花爆裂，连最后的青烟都消灭了的时候，风暴雨夕、日落乌啼时，我独自来到你孤冢前，慰问你黄泉下的寂寞。

和珍，梦！噩梦！想不到最短时期中，匆匆草草了结了你的一生！然而我们不幸的生存者，连这都不能得到，依然供豺狼虫豸的残杀，还不知死在何日？又有谁来痛哭凭吊齿残下的我们？

冷风一阵阵侵来，我倒卧在床上战栗！

惆 怅

先在上帝面前，忏悔这如焚的惆怅！

朋友！我就这样称呼你吧。当我第一次在酒楼上逢见你时，我便埋怨命运的欺弄我了。我虽不认识你是谁，我也不要知道你是谁，但我们偶然的遇合，使我在你清澈聪慧的眼里发现了我久隐胸头的幻影，在你炯炯目光中重新看见了那个捣碎我一切的故人。自从那天你由我身畔经过，自从你一度惊异地注视我之后，我平静冷寂的心波为你汹涌了。朋友！愿你慈悲点远离开我，愿你允许我不再见你，为了你的风韵、你的眼辉，处处都能撼得我动魄惊心！

这样凄零如焚的心境里，我在这酒店内成了个奇异的来客，这也许就是你怀疑我追究我的缘故吧！为了躲避过去梦影之纠缠，我想不再看见你，但是每次独自踽踽林中归来后，望着故人的遗像，又愿马上看见你，如观黄泉下久矣沉寂消游的音容。因此我才强咽着泪，来到这酒店内狂饮，来到这跳舞厅上蹁跹。明知道这是更深更深的痛苦，不过我不能自禁地沉没了。

你也感到惊奇吗？每天屋角的桌子上，我执着玛瑙杯狂饮，饮醉后我又踱到舞场上去歌舞，一直到灯暗人散，歌暗舞乱，才抱着惆怅和疲倦归来。这自然不是安放心灵的静境，但我为了你，天天来到这里饮一瓶上等的白兰地，希望醉极了能毒死我呢！不过依然是清醒过来了。近来，你似乎感到我的行为奇特吧！你伴着别人跳舞时，目光时时在望着我，想仔细探索我是什么人？怀着什么样心情来到这里痛饮狂舞？唉！这终于是个谜，除了我这一套朴素衣裙苍白容颜外，怕你不能再多知道一点我的心情和行踪吧？

记得那一夜，我独自在游廊上望月沉思，你悄悄立在我身后；当我回到沙发上时，你低着头叹息了一声就走过去了。真值得我注意，这一声哀惨的叹息深入了我的心灵，在如此嘈杂喧嚷、金迷纸醉的地方，无意中会遇见心的创伤的同情。这时音乐正奏着最后的哀调，呜呜咽咽像夜莺悲啼，孤猿长啸，我振了振舞衣，想推门进去参加那欢乐的表演；但哀婉的音乐令我不能自持，后来泪已扑簌簌落满衣襟，我感到极度的痛苦，就是这样热闹的环境中愈衬出我心境的荒凉冷寂。这种回肠荡气的心情，你是注意到了。我走进了大厅时，偷眼看见你在呆呆地望着我，脸上的颜色也十分惨淡；难道说你也是天涯沦落的伤心人吗？不过你的天真烂漫、憨娇活泼的精神，谁信你是人间苦痛中扎挣着的人呢？朋友！我自然祝福你不是那样。更愿你不必注意到我，我只是一个散洒悲哀、布施痛苦的人，在这世界上我无力再承受任何人的同情和怜恤了。我虽希望改换我的环境，忘掉一切，舍弃一切，埋葬一切，但是新的境遇里有时也会回到旧的梦里。依然不能摆脱，件件分明的往事，照样映演着揉碎我的心灵。我已明白了，这是一直和我灵魂殉葬入墓的礼物！

写到这里我心烦乱极了，我到床上休息一会儿再往下写吧！

这封信未写完我就病了。

朋友！这时我重提起笔来的心情已完全和上边不同了，是忏悔，也是觉悟！我心灵的怒马奔放到前段深潭的山崖时，也该收住了，再前去只有不堪形容的沉落，陷埋了我自己，同时也连累你，我哪能这样傻呢！

那天我太醉了，不知不觉晕倒在酒楼上，醒来后睁开眼我睡在软榻上，猛抬头便看你温柔含情的目光。你低低和我说：

"小姐！觉着好点吗？你先喝点解酒的汤。"

我不能拒绝你的好意，我在你手里喝了两口橘子汤，心头清醒了许多，忽然感到不安，便扎挣着坐起来想要走。你忧郁而诚恳地说：

"你能否允许我驾车送你回去吗？请你告诉我住在哪里？"

我怫然地拒绝了你。心中虽然是说不尽的感谢，但我的理智诏示我应该远避你的殷勤，所以我便勉强起身，默无一语地下楼来。店主人招呼我上车时，我还看见你远远站在楼台上望我。唉！朋友！我悔不该来这地方，又留下一个凄惨的回忆，而且给你如此深沉的怀疑和痛苦。我知道忏悔了愿，你忘记我们的遇合并且原谅我难言的哀怀吧！

从前为了你来到这里，如今又为了你离开。我已决定不再住下去了，三天内即航海到南洋一带度漂流的生涯；那里的朋友曾特请我去同他们合伙演电影，我自己也很有兴趣，如今又有一个希望在诱惑我做一个悲剧的明星呢！这个事业也许能发挥我满腔凄酸，并给你一个再见我的机会。

今天又到酒店去看你，我独隐帏幕后，灯光辉煌、人影散乱中，看见你穿一件翡翠色的衣服，坐在音乐台畔的沙发上吸着雪茄沉思，朋友！我那时心中痛苦万分，很想揭开幕去向你告别，但是我不能。只有咽着泪默望你说了声：

"朋友！再见。一切命运的安排，原谅我这是偶然。"

爆竹声中的除夕

这时候是一个最令人缭乱不安的环境，一切都在欢动中颤摇着。离人的心上是深深地厚厚地罩着一层乡愁，无论如何不想家的人，或者简直无家可想的人，他都要猛然感到悲怆，像惊醒一个梦似的叹息着！

在这雪后晴朗的燕市，自然不少漂泊到此的旅客游子，当爆竹声彻夜地在空中振动时，你们心上能不随着它爆发，随着它陨落吗？这时的心怕要和爆竹一样的爆发出满天的火星，而落下时又是那么狼藉凌乱，碎成一片一节地散到地上。

八年了，我在北京城里听爆竹声，环境心情虽年年不同，而这种惊魂碎心的声音是永远一样的。记得第一年我在红楼当新生，仿佛是睡在冰冷的寝室床上流泪度过的；不忍听时我曾用双手按着耳朵，把头缩在被里，心里骗自己说："这是一个平常的夜，静静地睡吧！"第二年在一个同乡家里，三四个小时候的老朋友围着火炉畅谈在太原女师时顽皮的往事。笑话中听见爆竹，便似乎想到家里，跪在神龛前替我祝福的母亲。第三年在红楼的教室中写文章，那时我最好，好的是知道用功读书，而且学写白话文，不是先前的一味顽皮嬉笑了。不过这一年里，我认识了人间的忧愁。第四年我也是在红楼，除夕之夜记得是写信，写一封悲凄哀婉的信，还作了四首旧诗。第五年我已出了红楼，住在破庙的东厢，这一年我是多灾多难、多愁多病地过去了。第六年我又到了一个温暖的家庭里寄栖，爱我护我如我自己的家一样；不幸那时宇哥病重，除夕之夜，是在心情纷纭、事务繁杂中度过的。第七年我仍是寄居在这个繁花纷披的篱下，然相形之下，我笑靥总掩饰不住啼痕；当一个由远处挣扎飞来的孤燕，栖息在乐园的门里时，她或许是因在银光闪烁的镜里，显出她疮痛遍体的形状更感到凄酸的！况且这一年是命运埋葬我的时候。第八年的除夕，就是今夜了，爆竹声和往年一样的飞起而落下，爆发后的强烈火星和坠落在地上的纸灰余烬也仿佛是一样；就是我这在人生轮下转动的小生命，也觉还是那一套把戏的重映演。

八年了，我仔细回忆觉我自己是庸凡地度过去了，生命的痕迹和历程也只是些琐碎的儿女事。我想找一两件能超出平凡可以记述的事，简直没有！我悔恨自己是这样不长进，多少愿望都被命运的铁锤粉碎，如今扎挣着的只是这已投身到悲苦中奢望做一个悲剧人物的残骸。假使我还能有十年的生命，我愿这十年中完成我的素志，做一个悲剧的主人，在这灰暗而缺乏生命火焰的人间，放射一道惨白的异彩！

我是家庭社会中的闲散人，我肩上负荷的，除了因神经软弱受不住人世的各种践踏、欺凌、讪讽、嘲笑而感到悲苦外，只是我自己生命的营养和保护。所以我无所谓年关的，在这啼饥号寒的冬夜，腊尽岁残的除夕，可以骄傲人了；因为我能在昏暗的电灯下，温暖的红炉畔，慢慢地回忆过去，仔细听窗外天空中声调不同的爆竹，从这些声音中，我又幻想着一个一个爆竹爆发和陨落的命运。你想，这是何等闲散的兴致？在这除夕之夜不必到会计室门前等着领欠薪，不必在冰天雪地中夹着东西进当铺，不必向亲戚朋友左右张罗，不必愁明天酒肉饭食的有无，这样我应该很欣慰地送旧迎新。然而爆竹声中的心情，似乎又不是那样简单而闲逸，我不知怎样形容，只感到无名的怅惘和辛酸！为了这一声声间断连续的炮竹声，扰乱了我宁静的心潮，那纤细的波浪，一直由官感到了我的灵魂深处，颤动的心弦不知如何理，如何弹？

我想到母亲。

母亲这时候是咽着泪站在神龛前的，她口中呢喃祷告些什么，是替天涯的女儿在祝福吧？是盼望暑假快临她早日归来吧？只有神知道她心深处的悲哀，只有神龛前的红烛伴着她在落泪！在这一夜，她一定要比平常要想念我，母亲！我不能安慰你在家的孤寂，你不能安慰我漂泊的苦痛，这一线爱牵系着两地相思，我恨人间为何有别离！而我们的隔离又像银河畔的双星，一年一度重相会，暑假一月的团聚恍如天上七夕。母亲，岁去了，你鬓边银丝一定更多了，你思儿的泪，在这八年中或者也枯干了；母亲，我是知道的，你对于我的爱。我虽远离开你，在团圆家筵上少了我；然而我在异乡团贺的筵上，咽着泪高执着酒杯替别人祝福时，母亲，你是在我的心上。

母亲！想起来为什么我离开你，只为了，我想吃一碗用自己心血苦力挣来的饭；仅仅这点小愿望，才把我由你温暖的怀中劫夺出，做这天涯寄迹的旅客。年年除夕之夜，我第一怀念的便是你，我只能由重压的、崎岖的扎挣中，在远方祝福你！

想到母亲，我又想到银须飘拂七十岁的老父，他不仅是我慈爱的父亲，并且是我生平最感戴的知己；我奔波尘海十数年，知道我、认识我、原谅我、了解我的，除了父亲外再无一人。他老了，我和璜哥

163

各奔前程，都不能常在他膝前承欢；中原多事，南北征战，反令他脑海中挂念着两头的儿女，惊魂难定！我除了努力做一个父亲所希望所喜欢的女儿外，我真不知怎样安慰他报答他，人生并不仅为了衣食生存。然而，不幸多少幸福快乐都为了衣食生存而捐弃；岂仅是我，这爆竹声中伤离怀故的自然更有人在。

我想倦了娘子关里的双亲时，又想到漂流在海上的晶清，这夜里她驻足在哪里？只有天知道。她是在海上，是在海底，是在天之涯，是在地之角，也只有天知道。她这次南下的命运是凄悲，是欢欣，是顺利，是艰险，也只有天知道。我只在这爆竹声中，静静地求上帝赐给她力量，令她一直扎挣着，扎挣着到一个不能扎挣的时候。还说什么呢！一切都在毁灭捐弃之中，人世既然是这样变得好玩，也只好睁着眼挺着腰一直向前去，看看到底最后的究竟是什么！一切的箭镞都承受，一切的苦恼都咽下，倒了，起来！倒了，起来！一直到血冷体僵不能扎挣为止。

走向前便向前走吧！前边不一定有桃红色的希望；然而人生只是走向前，虽崎岖荆棘明知险途，也只好走向前。渺茫的前途，归宿何处？这岂是我们所知道，也只好付之命运去主持。人生惟其善变，才有这离合悲欢，因之"生"才有意义，有兴趣；我祷告晶清在海上，落日红霞，冷月夜深时，进步觉悟了幻梦无凭，而另画一条战斗的阵线，奋发她厮杀的勇气！

我盼望她在今夜，把过去一切的梦都埋葬了，或者在爆竹声中毁灭焚碎不再遗存；从此用她的聪明才能，发挥到她愿意做的事业上，哪能说她不是我们的英雄？！悲愁乞怜，呻吟求情，岂是我们知识阶级的女子所应为？我们只有焚毁着自己的身体，当后来者光明的火炬！如有一星火花能照耀一块天地时，我们也应努力去工作去寻觅！

黄昏时，我曾打开晶清留给我的小书箱，那一只箱子上剥蚀破碎的痕迹和她心一样。我检点时忽然一阵心酸，禁不住的热泪滴在她的旧书上。我呆立在火炉畔，望着灰烬想到绿屋中那夜拣收书箱时的她，其惨淡伤心，怕比我对着这寂寞的书箱落泪还要深刻吧！一直搁在我房里四五天了，我都不愿打开它，有时看见总觉刺心，拿到别的房里去我又不忍离它。晶清如果知道它们这样令我难处置时，她一定不愿给我了。

　　我看见时总想：这只破箱，剥蚀腐毁的和她心一样。

　　在一个梦的惊醒后，我和她分手了；今夜，这爆竹声中，她在哪里呢？命运真残酷，连我们牵携的弱腕，他都要强行分散，我只盼望我们的手在梦中还是牵携着。

　　夜已深了，爆竹声还不止。不宁静的心境和爆竹一样飞起又落下，爆裂成一片一节僵卧在地上。

雪　夜

北京城落了这样大这样厚的雪，我也没有兴趣和机缘出去鉴赏，我只在绿屋给受伤倒卧的朋友煮药煎茶。寂静的黄昏，窗外飞舞着雪花，一阵紧似一阵，低垂的帐帷中传出的苦痛呻吟，一声惨似一声！我黑暗中坐在火炉畔，望着药壶的蒸汽而沉思。

如抽乱丝般的脑海里，令我想到关乎许多雪的事和关乎许多病友的事，绞思着陷入了一种不堪说的情状；推开门我看着雪，又回来揭起帐门看看病友，我真不知心境为什么这样不安定而彷徨？我该诅咒谁呢？是世界还是人类？我望着美丽的雪花，我赞美这世界，然而回头听见病友的呻吟时，我又诅咒这世界。我们都是负着创痛倒了又扎挣，倒了又扎挣，失败中还希冀胜利的战士。这世界虽冷酷无情，然而我们还奢望用我们的热情去温暖；这世界虽残毒狠辣，而我们总祷告用我们的善良心灵去改换。如今，我们在战线上又受了重创，我们微小的力量，只赚来这无限的忧伤！何时是我们重新扎挣的时候？何时是我们凯旋的时候？我只向熊熊的火炉祷祝它给与我们以力量，使这一剂药能医治我病友，霍然使她能驰驱赴敌再扫阴霾！

黄昏去了，夜又来临，这时候瑛弟踏雪来看病友，为了人间的烦恼，令他天真烂漫的面靥上，也重重地罩了愁容，这真是不幸的事！不过我相信一个人的生存，只是和苦痛搏战，这同时也是一件极平淡而庸常无奇的事吧！我又何必替众生来忏悔？

给她吃了药后，我才离开绿屋，离开时我曾想到她这一夜辗转哀泣的呻吟，明天朝霞照临时她惨白的面靥一定又瘦削了不少！爱怜、同情，我真不愿再提到了，罪恶和创痛何尝不是基于这些好听的名词？我不敢诅咒人类，然而我又何能轻信人类……所以我在这种情境中，绝不敢以这些好听的名词来施恩于我的病友；我只求赐她以愚钝，因为愚钝的人，或者是幸福的人，然而天又赋她以伶俐聪慧、以自戕残。

出了绿屋我徘徊在静白的十字街头了，这粉装玉琢的街市，是多么幽美清冷值得人鉴赏和赞美！这时候我想到荒凉冷静的陶然亭，伟大庄严的天安门，萧疏辽阔的什刹海，富丽娇小的公园，幽雅闲散的北海，就是这热闹多忙的十字街头，也另有一种雪后的幽韵。整天被灰尘泥土蔽蒙了的北京，我落魄在这里许多年，四周只有层层黑暗的网罗束缚着，重重罪恶的铁闸紧压着，空气里那样干燥，生活里那样枯涩，心境里那样苦闷，更何必再提到金迷沉醉的大厦外，啼饥号寒的呻吟。然而我终于在这般梦中惊醒，睁眼看见了这样幽美神妙的世界；我只为了一层转瞬即消逝的雪幕而感到欣慰，由欣慰中我又发现了许多年未有的惊叹。纵然是只如磷火在黑暗中细微的闪烁，然而我也认识了宇宙尚有这一刹那的改换和遮蔽。我希望，我愿一切的人情世事都有这样刹那的发现，改正我这对世界浮薄的评判。

过顺治门桥梁时，一片白雪，隐约中望见如云如雾、两行挂着雪花的枯树枝和平坦洁白的河面。这时已夜深了，路上行人稀少，远远只听见犬吠的声音和悠远清灵的钟声。沙沙地我足下践踏着在电灯下闪闪银光的白雪，直觉到恍非人间世界。城墙上参差的砖缘，披罩着一层一层的白雪，抬头望，又看见城楼上粉饰的雪顶和挂悬下垂的流苏。底下显出一个深黑的洞，远望见似乎是个不堪设想的一个恐怖之洞门。我立在这寂静的空洞中往返回顾而踟蹰，我真想不到扰攘拥挤的街市上，也有这样沉寂冷静时候。

过了宣武门洞，一片白地上，远远望见万盏灯火，人影蠕动的单牌楼，真美！雪遮掩了一切污浊和丑恶。在这里是十字街头了，朋友们，不少和我一样爱好雪的朋友们，你们在这清白皎洁的雪光下，映出来的影子，践踏下的足踪，是怎么光明和伟大！今夜我投身到这白茫茫的雪镜中，我只照见了自己的渺小和阴暗，身心的四周何尝能如雪的透明纯洁；因为雪才反映出我自己的黑暗和污浊，我认识自己只是一个和罪恶的人类一样的影子，我又哪能以轻薄的心理去责备人类和这本来不清明的世界呢！朋友！我知所忏悔了！

爱恋着雪夜，爱恋着这刹那的雪景，我虽然因夜深不能去陶然亭、什刹海、北海、公园，然而我禁不住自己的意志，我的足踪忽然走向天安门。过西安门饭店的门前时，看见停着的几辆汽车，上边都是白雪，四轮深陷在雪里，黑暗的车厢中有蜷伏着的人影；高耸的洋楼在夜的云霄中扑迎着雪花，一盏盏的半暗的电灯下照出门前凌乱的足痕，我忽然想起"赖婚"中的一幕来，这门前有几分像呢！

走向前，走向前，叮叮当当的电车过去了，我只望着它车轮底的火花微笑！我骄傲，我是冒着雪花走向前去的，我未曾借助于什么而达到我的目的，我只是走向前，走向前。

进了西长安街的大森林，我远远看见天边四周都显着浅红，疏疏的枝丫上堆着雪花，风过处纷纷地飞落下来，和我的眼泪滴在这地上一样。过这森林时我抱着沉重的怆痛，我虽然能忆起往日和君宇走过时的足踪在那里，但我又怎敢想到城南一角黄土下已埋葬了两年的君宇，如今连梦都无。

过了三门洞，呵！这伟大庄严的天安门，只有白，只有白，只有白，漫天漫地一片皆白。我一步一步像拜佛的虔诚般走到了白石桥梁下，石狮龙柱之前，我抬头望着红墙碧瓦巍然高耸的天安门，我怪想着往日帝皇的尊严和这故宫中遗留下的荒凉。踏上了无人践踏的石桥，立在桥上远望灯光明灭的正阳门，我傲然地立了多时，我觉着心境逐渐地冷静沉默，至于无所兴感这又是我的世界，这如梦似真的艺术化的世界。下了桥我又一直向前去，那新栽的小松上，满坠了如流苏似的雪花，一列一列远望去好像撑着白裙的舞女。前面有一盏光明的灯照着，我向前去了几步，似乎到了中山先生铜像基础旁便折回来。灯光雪光照映在我面上，此时我觉心地很洁白纯真，毫无阴翳遮蔽，因为我已不是在这世界上，我脱了一切人间的衣裳，至少我也是初来到这世界上。

我自己不免受人间一切翳蒙，我才爱白雪，而雪真能洗涤我心灵至于如雪冷洁？我还奢望着，奢望人间一切的事物和主持世界的人类，也能给雪以洗涤的机会，那么，我相信比用血来扑灭反叛的火焰还要有效！

偶然草

　　算是懒，也可美其名曰忙。近来不仅连四年未曾间断的日记不写，便是最珍贵的天辛的遗照，置在案头已经灰尘迷漫，模糊得看不清楚是谁。朋友们的信堆在抽屉里有许多连看都不曾看，至于我的笔成了毛锥，墨盒变成干绵自然是不必说了，屋中凌乱的杂琐的状态，更是和我的心情一样，不能收拾，也不能整理。连自己也莫名其妙为什么这样颓废？而我最奇怪的是心灵的失落，常觉和遗弃了什么重要的东西一般，总是神思恍惚，少魂失魄。

　　不会哭！也不能笑！一切都无感。这样凄风冷月的秋景，这样艰难苦痛的生涯，我应该多愁善感，但是我并不曾为了这些介意。几个知己从远方写多少安慰我同情我的话，我只呆呆地读，读完也不觉什么悲哀，更说不到喜欢了。我很恐惧自己，这样的生活，毁灭了灵感的生活，不是一种太惨忍的酷刑吗？对于一切都漠然的人生，这岂是我所希望的人生。我常想做悲剧中的主人翁，但悲剧中的风云惨变，又哪能任我这样平淡冷寂地过去呢！

　　我想让自己身上燃着火，烧死我。我想自己手里握着剑，杀死人。

无论怎样最好痛快一点去生，或者痛快点求死。这样平淡冷寂，漠然一切的生活，令我愤怒，令我颓废。

心情过分冷静的人，也许就是很热烈的人；然而我的力在哪里呢？终于在人群灰尘中遗失了。车轨中旋转多少百结不宁的心绪，来来去去，百年如一日地过去了。就这样把我的名字埋没在十字街头的尘土中吗？我常在奔波的途中这样问自己。

多少花蕾似的希望都揉碎了。落叶般的命运只好让秋风任意地漂泊吹散吧！繁华的梦远了，春还不曾来，暂时的殡埋也许就是将来的滋荣。

远方的朋友们！我在这长期沉默中，所能告诉你们的只有这几句话。我不能不为了你们的关怀而感动，我终于是不能漠然一切的人。如今我不希求于人给我什么，所以也不曾得到烦恼和爱怨。不过我蔑视人类的虚伪和扰攘，然而我又不幸日在虚伪扰攘中辗转因人，这就是使我痛恨于无穷的苦恼！

离别和聚合我倒是不介意，心灵的交流是任天下什么东西都阻碍不了的；反之，虽日相晤对，咫尺何非天涯。远方的朋友愿我们的手在梦里互握着，虽然寂处古都，触景每多忆念，但你们这一点好意远道缄来时，也了解我万种愁怀呢！

烟霞余影

一 龙潭之滨

细雨蒙蒙里，骑着驴儿踏上了龙潭道。

雨珠也解人意，只像沙霰一般落着，湿了的是崎岖不平的青石山路。半山岭的桃花正开着，一堆一堆远望去像青空中叠浮的桃色云，又像一个翠玉的篮儿里，满盛着红白的花。烟雾迷漫中，似一副粉纱，轻轻地笼罩了青翠的山峰和卧崖。

谁都是悄悄地，只听见嗒嗒的蹄声。回头看芸，我不禁笑了。她垂鞭踏蹬，昂首挺胸的像个马上的英雄，虽然这是一幅美丽柔媚的图画，不是黄沙无垠的战场。

天边絮云一块块叠重着，雨丝被风吹着像细柳飘拂。远山翠碧如黛；如削的山峰里，涌出的乳泉，汇成我驴蹄下一池清水。我骑在驴背上，望着这如画的河山，似醉似痴，轻轻颤动我心弦的凄音；往事如梦，不禁对着这高山流水深深地叹了一口气！

惭愧我既不会画又不能诗，只任着秀丽的山水由我眼底逝去，像一只口衔落花的燕子，飞掠进深林。

这边是悬崖，那边是深涧，狭道上满是崎岖的青石，明滑如镜，苍苔盈寸，因之驴蹄踏上去一步一滑！远远望去似乎人在峭壁上高悬着，危险极了！我劝芸下来，驴交给驴夫牵着，我俩携着手一跳一窜地走着。四围望不见什么，只有笔锋般的山峰像屏风一样环峙着，涧底淙淙流水碎玉般声音，好听似月下深林中晚风吹送来的环佩声。

跨过了几个山峰，渡过了几池流水，远远地就听见有一种声音。不是檐前金铃玉铎那样清悠意远，不是短笛洞箫那样凄哀情深，差堪比拟像云深处回绕的春雷，似近又远，似远又近地在这山峰间蕴蓄着。芸和我正走在一块悬岩上，她紧握住我的手说：

"蒲，这是什么声音？"

我没有回答她，抬头望见几块高岩上已站满了人，疏疏洒洒像天上的小星般密布着。苹在高处招手叫我，她说："快来看龙潭！"在众人欢呼声中，我踟蹰不能向前，我已想着那里是一个令我意伤的境地，无论它是雄壮还是柔美。

一步一步慢腾腾地走到苹站着的那块岩石上，那春雷般的声音更响亮了。我俯首一望，身上很迅速地感到一种清冷，这清冷，由皮肤直浸入我的心，包裹了我整个的灵魂。

这便是龙潭！两个青碧的岩石中间，汹涌着一朵一片的絮云，它是比银还晶洁，比雪还皎白；一朵一朵地由这个山层飞下那个山层，一片一片由这个深涧飘到那个深涧。它像山灵的白袍，它像水神的银须；我意想它是翠屏上的一幅水珠帘，我意想它是裁剪下的一匹白绫。但是它都不能比拟，它似乎是一条银白色的蛟龙在深涧底回旋，它回旋中有无数的仙云拥护，有无数的天乐齐鸣！

我痴立在岩石上不动，看它瞬息万变，听它钟鼓并鸣。一朵白云飞来了，只在青石上一溅，没有了！一片雪絮飘来了，只在青石上一掠，不见了！我站在最下的一层，抬起头可以看见上三层飞涛的壮观：到了这最后一层遂会聚成一池碧澄的潭水，是一池清可见底，光能鉴人的泉水。

在这种情形下，我不知心头感到的是欣慰，还是凄酸？我轻渺像晴空中一缕烟线，不知是飘浮在天上还是人间？空洞洞的不知我自己是谁？谁是我自己？同来的游伴我也觉着她们都生了翅儿在云天上翱翔，那淡紫浅粉的羽衣，点缀在这般湖山画里，真不辨是神是仙了。

我的眼不能再看什么了，只见白云一片一片由深涧中乱飞！我的耳不能再听什么了，只听春雷轰轰在山坳里回旋！世界什么都没有，连我都没有，只有涛声絮云，只有潭水涧松。

芸和苹都跑在山上去照相。掉在水里的人的嬉笑声，才将我神驰的灵魂唤回来。我自己环视了一周山峰，俯视了一遍深潭，我低低喊着母亲，向着西方的彩云默祷！我觉着二十余年的尘梦，如今也应该一醒；近来悲惨的境遇，凄伤的身世，也应该找个结束。萍踪浪迹十余年漂泊天涯，难道人间没有一块高峰，一池清溪，作我埋骨之地。如今这絮云堆中，只要我一动足，就可脱解了这人间的樊篱羁系，从此逍遥缥缈和晚风追逐。

我向着她们望了望，我的足已走到岩石的齿缘上，再有一步我就可离此尘世，在这洁白的潭水中，涮浣一下这颗尘沙蒙蔽的小心，忽然后边似乎有人牵着我的衣襟，回头一看芸紧皱着眉峰瞪视着我。

"走吧，到山后去玩玩。"她说着牵了我就转过一个山峰，她和我并坐在一块石头上。我现在才略略清醒，慢慢由遥远的地方把自己找回来，想到刚才的事又喜又怨，热泪不禁夺眶滴在襟上。我永不能忘记，那山峰下的一块岩石，那块岩石上我曾惊悟了二十余年的幻梦，像水云那样无凭呵！

可惜我不是独游，可惜又不是月夜，假如是月夜，是一个眉月伴疏星的月夜，来到这里，一定是不能想不能写的境地。白云絮飞的瀑布，在月下看着一定更美到不能言，钟鼓齐鸣的涛声，在月下听着一定要美到不敢听。这时候我一定能向深潭明月里，找我自己的幻影去；谁也不知道，谁也想不到——那时芸或者也无力再阻挠我的清兴！

雨已停了，阳光揭起云幕悄悄在窥人；偶然间来到山野的我们，终于要归去。我不忍再看龙潭，遂同芸、苹走下山来，走远了，那春雷般似近似远的声音依然回绕在耳畔。

二　翠峦清潭畔的石床

黄昏时候汽车停到万寿山，揆已雇好驴在那里等着。梅隐许久不骑驴了，很迅速地跨上鞍去，一扬鞭驴子的四蹄已飞跑起来，几乎把她翻下来；我的驴腿上有点伤不能跑，连走快都不能，幸好是游山不是赶路，走快走慢没有关系。

这条路的景致非常好，在平坦的马路上，两旁的垂柳常系拂着我的鬓角，迎面吹着五月的和风，夹着野花的清香。翠绿的远山望夫像几个青螺；淙淙的水音在桥下流过，似琴弦在月下弹出的凄音；碧清的池塘，水底平铺着翠色的水藻，波上被风吹起一弧一弧的皱纹，里边游影着玉泉山的塔影；最好看是垂杨荫里，黄墙碧瓦的宫房，点缀着这一条芳草萋萋的古道。

经过颐和园围墙时，静悄悄除了风涛声外，便是那啼尽兴亡恨事的暮鸦，在苍松古柏的枝头悲啼着。

他们的驴儿都走得很快，转过了粉墙，看见梅隐和揆并骑赛跑，一转弯掩映在一带松林里，连铃声衣影都听不见、看不见了。我在后边慢慢让驴儿一拐一拐地走着，我想这电光石火的一刹那能在尘沙飞落之间，错错落落遗留下这几点蹄痕，已是烟水因缘，又哪可让它迅速地轻易度过，而不仔细咀嚼呢！人间的驻停，只是一凝眸，无论如何繁缛绮丽的事境，只是昙花片刻，一卷一卷的像他们转入松林一样渺茫，一样虚无。

　　在一片松林里，我看见两头驴儿在地上吃草，驴夫靠在一棵树上蹲着吸潮烟，梅隐和揆坐在草地上吃葡萄干；见我来了他们跑过来替我笼住驴，让我下来。这是一个墓地，中间芳草离离，放着一个大石桌几个小石凳，被风雨腐蚀已经是久历风尘的样子。坟头共有三个，青草长了有一尺多高；四围遍植松柏，前边有一个石碑牌坊，字迹已模糊不辨，不知是否奖励节孝的。如今我见了坟墓，常起一种非喜非哀的感觉；愈见的坟墓多，我烦滞的心境愈开旷；虽然我和他们无一面之缘，但我远远望见这黑色的最后一幕时，我总默默替死者祝福！

　　梅隐见我立在这不相识的墓头发呆，她轻轻拍着我肩说："回来！"揆立在我面前微笑了。那时驴夫已将驴鞍理好，我回头望了望这不相识的墓，骑上驴走了。

　　他们大概也疲倦了，不是他们疲倦是驴们疲倦了，因之我这拐驴有和他们并驾齐驰的机会。这时暮色已很苍茫，四面迷蒙的山岚，不知前有多少路，后有多少路？那烟雾中轻笼的不知是山峰还是树林？凉风吹去我积年的沙尘，尤其是吹去我近来的愁恨，使我投入这大自然的母怀中沉醉。

　　唯自然可美化一切，可净化一切，这时驴背上的我，心里充满了静妙神微的颤动；一鞭斜阳，嘚嘚蹄声中，我是个无忧无虑的骄儿。

大概是七点多钟，我们的驴儿停在卧佛寺门前，两行古柏萧森一道石坡敧斜，庄严黄红色的穹门，恰恰笼罩在那素锦千林、红霞一幕之中。我蹀过一道蜂腰桥，底下有碧绿的水，潜游着龙眼红色，像燕掠般在水藻间穿插。过了一个小门，望见一大块岩石，狰狞像一个卧着的狮子，岩石旁有一个小亭，小亭四周遍环着白杨，暮云里蝉声风声噪成一片。

　　走过几个院落，依稀还经过一个方形的水池，就到了我们住的地方，我们住的地方是龙王堂。龙王堂前边是一眼望不透的森林，森林中漏着一个小圆洞，白天射着太阳，晚上照着月亮；后边是山，是不能测量的高山，那山上可以望见景山和北京城。

　　刚洗完脸，辛院的诸友都来看我，带来的糖果，便成了招待他们的茶点；在这里逢到，特别感着朴实的滋味，似乎我们都有几分乡村真诚的遗风。吃完饭，我回来时，许多人伏在石栏上拿面包喂鱼，这个鱼池比门前那个澄清，鱼儿也长得美丽。看了一回鱼，我们许多人出了卧佛寺，由小路抄到寺后上山去，揆叫了一个卖汽水点心的跟着，想寻着一个风景好的地方时，在月亮底下开野餐会。

　　这时候暝色苍茫，远树浓荫郁蓊，夜风萧萧瑟瑟。梅隐和揆走着大路，我和云便在乱岩上跳蹿，苔深石滑，跌了不晓得有多少次。经过一个水涧，他们许多人悬崖上走，我和云便走下了涧底。水不深，而碧清可爱，淙淙的水声，在深涧中听着依稀似嫠妇夜啼。几次回首望月，她依然模糊，被轻云遮着；但微微的清光由云缝中泄漏，并不如星夜那么漆黑不辨。前边有一块圆石，晶莹如玉，石下又汇集着一池清水。我喜欢极了，刚想爬上去，不料一不小心，跌在水里把鞋袜都湿了！他们在崖上，拍着手笑起来，我的脸大概是红了，幸而在夜间他们不曾看见，云由岩石上踏过来才将我拖出水池。

抬头望悬崖峭壁之上，郁郁阴森的树林里掩映着几点灯光，夜神翅下的景致，愈觉得神妙深邃，冷静凄淡；这时候无论什么事我都能放得下超得过，将我的心轻轻地捧献给这黑衣的夜神。我们的足步声笑语声，惊得眠在枝上的宿鸟也做不成好梦，抖颤着在黑暗中乱飞，似乎静夜旷野爆发了地雷，震得山中林木，如喊杀一般的纷乱和颤噤！前边大概是村庄人家吧，隐隐有犬吠的声音，由那片深林中传出。

爬到山巅时，凉风习习，将衣角和短发都（吹）起来。我立在一块石床上，抬头望青苍削岩，乳泉一滴滴，由山缝岩隙中流下去，俯视飞瀑流湍，听着像一个系着小铃的白兔儿，在涧底奔跑一般，清凌凌忽远忽近那样好听。我望望云幕中的月儿，依然露着半面窥探，不肯把团圆赐给人间这般痴望的人们。这时候，揆来请我去吃点心，我们的聚餐会遂在那个峰上开了。这个会开得并不快活，各人都懒松松不能十分作兴，月儿呢，模模糊糊似乎用泪眼望着我们。梅隐躺在草上唱着很凄凉的歌，真令人愁肠百结；揆将头伏在膝上，不知他是听他姐姐唱歌，还是膜首顶礼和默祷？这样夜里，不知什么紧压着我们的心，不能像往日那样狂放浪吟，解怀痛饮。

陪着他们坐了有几分钟，我悄悄地逃席了。一个人坐在那边石床上，听水涧底的声音，对面阴浓萧森的树林里，隐隐现出房顶；冷静静像死一般笼罩了宇宙。不幸在这非人间的，深碧而窅渺的清潭，映出我迷离恍惚的尘影；我卧在石床上，仰首望着模糊泪痕的月儿，静听着清脆激越的水声和远处梅隐凄凉入云的歌声，这时候我心头涌来的凄酸，真愿在这般月夜深山里尽兴痛哭；只恨我连这都不能，依然和在人间一样要压着泪倒流回去。蓬勃的悲痛，还让它埋葬在心坎中去辗转低吟！而这颗心恰和林梢月色，一样的迷离惨淡，悲情荡漾！

云轻轻走到我身旁，凄（然）地望着我！我遂起来和云跨过这个山峰，忽然眼前发现了一块绿油油的草地。我们遂拣了一块斜坡，坐在上边。面前有一棵松树，月儿正在树影中映出，下边深涧万丈，水流的声音已听不见；只有草虫和风声，更显得静寂中的振荡是这般阴森可怕！我们坐在这里，想不出什么话配在这里谈，而随便的话更不愿在这里谈。这真是最神秘的夜呵！我的心更较清冷，经这度潭水涛声洗涤之后。

夜深了，远处已隐隐听见鸡鸣，露冷夜寒，穿着单衣已有点战栗。我怕云冻病，正想离开这里，揆和梅隐来寻我们，他们说在远处望见我们，像坟前的两个石像。

这夜里我和梅隐睡在龙王堂，而我的梦魂依然留在那翠峦清潭的石床上。

辑

四

凄其风雨夜

——遗稿之一

已是小春天气，但为何却这般秋风秋雨？昨夜接读了贤的信，又增加我不少的烦闷。可怜我已是枯萎的残花了，偏还要受尽风雨的欺凌。

这几夜在雨声淅沥中，我是整夜的痛哭。伴我痛哭的是孤灯，看我痛哭的只有案头陈列着的宇的遗像。唉，我每想到宇时，就恨不立即死去！死去，完成我们生前所遗的。至少，我的魂儿可以伴着宇的魂在月下徘徊，在花前笑语；我可以紧紧的握着他的手，我可以轻轻的吻他的唇。宇，世界上只有他才是我的忠诚的情人，只有他才是我的灵魂的保护者，当他的骨骸陈列在我眼前时我才认识了他，认识他是伟大的一个殉情的英雄！

而今，我觉得渺渺茫茫去依附谁？去乞求于谁？我不愿意受到任何人的哀怜，尤其不愿接受任何人的怜爱……

今天下午我冒雨去女师大看小鹿，在琴室里遇见玉薇，她说："梅！祝你的新生命如雨后嫩芽！"这是什么话呵？连她都这样不知我，可见在人间寻求个心的了解者是很难的事；不过，假如宇是为了了解我而死，那么，这死又是何等的悲惨？我也宁愿天下人都不了解我，我不愿天下人为了解而死。

红楼归来，心情十分黯淡，我展开纸，抹着泪给玉微写这样一封短信——

玉薇：

　　我现在已是一个罩上黑纱的人了，我的一切都是黯淡的，都是死寂的；我富丽的生命，已经像彗星般逝去，只剩余下这将走进坟墓的皮囊，心灵是早经埋葬了。

　　我的过去是隐痛，只可以让少数较为了解我的人知道。因为人间的同情是幻如水底月亮，自己的苦酒只好悄悄的咽下，却不必到人前去宣扬。

　　对于这人间我本来没有什么希望的，宇死后我更不敢在人间有所希望，我只祈求上帝容许我忏悔，忏悔着自己的过错一直到死时候，朋友，你相信我是不再向人们求爱怜与抚慰的，我要为死了的宇保存着他给我的创伤，决不再在人们面前透露我心琴的弹唱了。

　　近来我的心是一天比一天死寂，一天比一天空虚，一天比一天走进我的坟墓，快了，我快要到那荒寂的旷野里去伴我那殉情的宇！

　　"祝你的新生如而后嫩芽"的话，朋友，恕我不收受，还给你罢，如今我已是秋风秋而下救人践踏腐烂了的花瓣。

　　可怜的梅。

宇死去已是一月了，飞驰的时光割断人天是愈去愈远，上帝！请告诉我在何时何地再能见到宇。

寄露沙

——遗稿之二

你满挟着同情心的几句话，我看了后哭了！我的泪依然还不曾流完，仍然这样汹涌，这样泛滥；我真不解为了什么这样？是我懦弱的表示吗？我是最后战死的先锋，我总算牺牲了感情让意志去杀人的女魔，我何尝真的如一般女子那么懦弱呢？

造物小儿有意弄人，使我用那极神妙奇异的心之手去杀人，同时又使我迷惘怨愤陷于自杀；朋友！幸我素量宽；大，不然，经此次打击，能免于死，大概也难免于疯吧？陷入如斯命运之人，已不能拯救，而且不必拯救；你又何须为了我的颓丧而叹息呢？

往昔春花如锦的生涯，在我觉着是枯叶飘泊的命运；到如今真的到这种绝境时，我已无语能藉以比拟。才知道人间极苦痛的事是不能写不能道的。朋友！我将告诉你什么？

世界上是一条绳子系着的，我是紧缚在母亲绳上的一个小扣，我为母亲的绳子安全，我没有勇气去斩断而破坏一切的忍心；因之，我

184

才感到生不愿而死不能的痛苦！宇的观念战胜了，我愿葬他埋他之后，我也飘然远去，不论沧海畔，深涧傍，都可以作我埋心葬骨之地。母亲的观念战胜了，又觉着以宇死后我感到的惨痛，而让我年高无依的老母去承受，我心何忍！如斯两相抵触，最后的胜利，朋友！我真不知如何判决了。

此身不死，即此心不死，此心不死，即此情更难死。从此风雨之夕，花前月下，常飘浮着我这凄清的瘦影；自然，我有时也要哽咽地唱出那悲惨哀怨像夜莺一样的曲子；假如君宇有灵，这便是我的那颗心。

人生大概是不能脱离痛苦的，如此缠绵悲惨哀艳的痛苦，是千百人中，千年间难以遭逢的事。所以我当俯伏着向上帝手中接受了这样特别的礼赠，我无怨言，更无怒容。

现在这种悼亡追悔的心情，是爱我的人最后留给我的纪念。因之，我要赞美珍贵我今日所觉到的一切异感，和我将来一切的觉悟。相信这是爱我的人由他最可爱的手递给我的。那末，朋友！你又何须为我而倍增凄伤呢？

朝霞映着我的脸

——遗稿之三

上了车便如梦一样惊醒了我，睁眼看扰攘的街市上已看不见你们。我是极寂寞地归来；月光冷冰冰地射到我白围巾上，惨白得像我的心。一年之前我也在这样月光下走过。如今，唉！新痕踏在旧痕之上，新泪落到旧泪之上，孤清的梅仍幽灵似的在这地球上极无聊地生存着。明知道人生如梦，万象皆空，然而我痴呆的心有时会糊涂起来，我总想尽方法使我遗弃一切，忘掉一切。不过，事实上适得反比例，在我这颗千疮百洞的心，朋友，你是永也不知道她的。我心幕有朝一日让风吹起你看时，一定要惊吓这样的糜烂和粉碎，二十年来我受了多少悲哀之箭和铁骑的践踏，都在这颗交付无人的小心上。

看见冷清的月儿和凄寒的晚风吹着，我在兰陵春半醉半醒的酒已随风飞去，才想到我们这半天的梦又到了惊醒的时候。

就是在这种心情下，读你那充满了热诚和同情的信，可以说这是我年来第一次接收朋友投给我的惠敬，我是感激得流下泪来！我应该

186

谢谢上帝特赐我多少个朋友来安慰我这在孤冢畔痛哭的人。

你大概是还不十分知道我从前的生活。我一年之前，是脸上永没有笑容，眼泪永远是含在眼眶里的；一天至少要痛哭几次，病痛时常缠绕着我。如今，我已好了，我能笑，我能许久不病，我能不使朋友们看见我心底的创痛和咽下去的泪，我已好了，朋友！一年前，你不信问问清，便知那时憔悴可怜的梅，绝不是现在这样达观快活的梅。这样，你还有什么不放心？况且有你这样幸福天真可爱的孩子逗我笑，伴我玩，我又哪好意思再不高兴呢？朋友呵！你说是不是？

我今天未接你信以前，你从清处走后，清便告诉我你对我的心，怕我忧伤的心，那时我已觉到难受！为什么我这样的人，要令人可怜和同情呢！因之，我便想到一切，而使我心境不能再勉强欢笑下去。你不觉吗？你再回来时我已变了！到兰陵春我更迷惘，几次我眼里都流出泪来，使我不能把眼闭上。朋友！我到了不能支配自己、节制自己的时候，不仅朋友们看见难过，自己也恨自己的太不强悍。每次清娇憨骄傲地说到萍时，我便咽着泪下去，我是不能在人前骄傲的，我所能骄的，只有陶然亭畔那抔黄土。写到这里，我的泪不自禁地迸射出来。朋友呵！这是我深心底永不告人的话，今天大概为了醉，为了你那封充满热诚同情的信，令我在你面前画我心上的口供。然而你不准难受，也不准皱眉头，更不要替我不安。我这样生活，如目下，是很快乐的，是很可自慰的。有朝一日你们都云散各方，遗弃忘掉了我时，我自己也会孤寂地在生或死的路上徘徊。朋友！你不要太为我想吧！我是一切都完了的人，只有我走完我的途径，就回到永久去的地方了。我只祷告预祝弟弟们妹妹们朋友们的桃色的梦的甜蜜吧！大概所谓新生命，就是我从一年前沉郁烦结的生活中，到如今浪漫快活的生活中的获得；我已寻到了，朋友！我还有什么新生命？

"忘掉它"，我愿努力去忘掉它，但到我不能忘掉的时候，朋友！你不要视为缺憾吧！

一溜笔，写了这许多，赶快收住。

从此我们不提这些话吧！我是愿你们不要知道我夜里是如何过去，我只要你们知道我白天是如何忙碌和快活才好。在幸福如你朋友的面前，我更不愿提及这些不高兴的话，原谅我这一次吧！

写到此，不写了。写下去是永不完的。告诉你我一年多了，未曾写给人这样真诚而长的信。这样赤裸地把心拿出来写这长的信，朋友！愿你接收了梅姊今夜为了你信的真诚所挥洒的眼泪！

愿人间那些可怕的隔膜误会永远不到我们中间来，因之，我这封信是毫无顾忌、毫无回避地写的，是我感谢这冷酷残忍无情的人间一颗可爱的亮星而写的。昨夜写到这里我睡了，今朝酒已醒了，便想捺住不投邮，又想何必令你失望呢？朝霞现在映着我的脸，我心里很快活呢！

低头怅望水中月

开完会已六时余，归路上已是万盏灯火，如昨夜一样。我的心的落寞也如昨夜一样。然而有的是变了，你猜是什么呢？吃完饭我才拆开你信，我吃饭时是默会你信中的句子。读时已和默会的差不多。我已想到你要说的话了，你看我多么聪明！

我最忘记不了昨夜月下的诸景。尤其是我们三人坐在椅上看水中的月亮，你低头微笑听我振动的心音；你又忽然告清我被犀拖去的梦。那时我真是破涕为笑了！朋友！你真是天真烂漫的好玩。你的洁白光明，是和高悬天边的月一样。我愿祝你，朋友，永远保有你这可爱的童性。一度一度生日这夜都记着我们这偶然的聚会，偶然的留迹。

朋友！你热诚的希望和劝导，我只咽泪感谢！同时我要掏出碎心向你请求，愿你不要介意我的追忆和心底的悲哀，那是出自一个深长的惨痛的梦里，我不能忘这梦，和我不能忘掉生命一样。我在北京城里，处处都有我们的痕迹，因之我处处都用泪眼来凭吊，碎心来抚摩。

这在我，是一种最可爱可傲、又艳又哀的回忆；在别人，如你的心中或者感受到这是我绝大的痛苦吧！其实我并不痛苦，痛苦的或者还是你们这些正在作爱或已尝爱味的少爷小姐，如清如你。我再虔诚向你朋友请求，你不要为了我的伤痕，你因之也感到悲哀！

朋友！我过去我抱吻着旧梦，我未来我寻求生命的真实和安定，我是人间最幸福的人。朋友！你应该放心，你应该放心。

你所指示的例子，确是应该如斯释注。不过，我告诉你朋友，理智有时是不能支配感情。不信，留你自己体验吧！

我如今，还羡慕你的生日是这样美丽、神秘、优雅、甜蜜。假使明年那天我已不能共你度此一日，愿你，愿你，记得依你肩头怅望水中月的姊姊。愿你，愿你，记得影双履齐，归途上默咽酸泪的姊姊。愿你，愿你，记得松林下并立远望午门黑影的姊姊。

我过去有多少可念可爱的梦，而昨夜是新刊下的印痕，我是为了追求这些梦生，为了追求这些梦死的人，我自然永忆此梦而终。

今天我说错了一句话，你马上的脸色变成那样苍白，我真惊！不过我也不便声张，所以我一直咽下去。后来你二次回来时，已好些了，不过我已看出你，今天居然仍会咽下悲切、假装笑脸的本事了！我们认识后，我是得了你不少的笑和喜欢。我也愿我不要给忧愁与你；你不要为了清知道人生，为了我识得愁。此后再不准那样难过才好，允许了我，朋友！

清那样难过，我真无法想。我还是懦弱不能在她所需要的事上帮助她。因之我为她哭，我为了恨萍哭！写得多了，再谈吧。

我沉沦在苦忆中

——遗稿之五

我回来又去了彭小姐家一次，满天星斗中归来，我想起了君宇！

回来并不曾做稿，翻书箱找出若干旧稿不但可用而且还是好的稿子，我喜欢极了！你也该喜欢吧，朋友！不只这期，许多期的论文都有了。不过我又翻出旧信来，看见 F 君从前写给我美丽的各色的许多信时，我才知道他如今是变了，不是我变，是他变了，变成了可怕的虚伪的敷衍。看见 C 君许多天真可爱的小信，令我热烈地想念他，我多时未看见他那沉默而黄白的脸了，我真想到他一种令人不能忘的印象。看见萍的信，我觉得人间的可怕和人情的不可靠，别人信我未看，露沙的信都拣出来了，没有看。总之，在这些旧信中令我感到一种悼亡的伤感！唉！什么都过去了，往日如梦！想到你——朋友，你也是我朋友中之一，将来，或者你给与我的印象，大概也是这浅青色的几封信吧！梦醒后我所追求得到的，所遗给我的大概也仅仅是这点东西吧！她帮助我想起一切的往事的，大概也是她们吧！世事人情，我真看透了，当时未尝不认真，过后呢，才不过是那么回事儿呢！可恨可怕的人心，我诅咒他，我怨恨他！

我又找出君宇初死时我给乃贤的信，披展开时，朋友！我真觉得又冷森，又抖颤！那凌乱的字痕上，满染着泪迹，模糊中系埋着多少尸骸一样的可怕！我要寄给你看，怕伤你心，我不寄了，总之我的泪迹你也见了不少了。

大概我们都高兴吧！今天灯光炉火下，双立着印在墙上的人影。假如我是有颗完整心的人时，那是多么快活呢，一对无虑的小儿女。但是，朋友！人间是只有缺陷的，所以我们立在那种神秘恬静的灯火下，只是一对负伤的小鸟，互相呈露出自己的悲怆在默默无语中，在这样如画如诗的环境中，我们只为了这环境，更增我们宇宙缺陷之感！我那样心情下，第一令我难受的便是君宇了，我每次在一种静的环境中对着你朋友时我总想到君宇。真对不住你，而且也有点唐突你，我几次想喊你作"君宇"，当我看是朋友你的脸时，我自己苦笑了，今天我几次的笑都是笑我这样可怜的心呢！朋友！我真想他，假如他现在能如朋友你一样这样活活泼泼和我玩，我愿我马上死了都可以。不过，不能了，他是死了，谁都说他是死了两年之久了。然而，天呵！为什么他不能在我心头死去呢？朋友！我今夜心海汹涌极了，我想死了的宇，我想到了母亲，我又想到这漂泊无人管的自己。这是十五年除夕之夜，然而朋友呵！我只沉沦在这样苦忆中而瞠目向天作无声之泣！

朋友！这是最后一张了，我不自禁地觉得万分悲怆！朋友！在这个信纸期中，我们是已经醒了多少次梦了，不过，朋友你和我的梦尚未全醒，但是，朋友！你千万不要为了可怜伤心的我这样的朋友而难受而悲怆！我早就不愿我给你印象太深，怕你将来难过，然而我见了你时，我又不能而且不忍压伏你和我自己的自然和天真。这样，我自己是时时觉醒着，我只怕你太难过呢！所以你自然不能不为了你可怜的朋友而伤心，不过，你千万不要把自己也卷入伤心的旋涡才好，我真有点怕呢！

我呵！认识你以来，大概给予了你的只是悲怆，令你变成了悲哀而失快乐的可怜小孩。我自己呢？自然是一半欢欣，一半悲怆，不过我总笑欢。如今，除了天涯几个知交外，你是可怜我、同情我，愿给我安慰快乐的一个忠诚的朋友！君宇有灵，他该怎样感谢你呵！你是这样待他遗给人间的梅妹。这时已一点半了，夜静得真有点冷，有点怕，我要睡了，祝君宇来入梦！这最后一天，我不愿睡，我真想直坐到天明，想想这一年中的往事，有多少值得欢欣？有多少值得悲哀？有多少值得诅恨？有多少值得爱恋？

这一夜愿梦神吻着你的笑靥，赐以未来的幸福和红豆主人的来临！

今夜简直不想睡了，我想理理东西，觉着什么都有点留恋，其实，不是什么都有点留恋，是有点留恋这十五年吧！我又开了手提箱，理了理你的信，今年是有这样厚厚的一束信。我是惊奇地笑了！

我是有福的人

——遗稿之六

多少惊人的事件都在你走后发生。

三月十八我虽然没去听枪声，然而我看见了两付血尸，和几件斑烂的血衣，和几付木漆的棺材。这已经是值得惊骇的事了，那想到北京四面受困，兵临城下，四月以后联军飞机天天来城里抛掷炸弹，飞机过去时便有多少人在碰然声中消逝了他的生命。夜里面听见如爆竹似的炮声，如潮的涌来，又如潮的过去，整夜都是这样伴你的不寂寞。联军进了北京，我们更是俘虏，邵飘萍便背上"赤化"在天桥枪决了，京报从此永别，如今我还觉着京报是能伴多少青年的思想的。思想界权威的老骆驼们呢，也一只一只的踱进了东交民巷，在帝国主义的旗帜下装睡觉，真可怜可叹呢！

那时谁都感到了生命的脆弱，尤其我的朋友们。我呢，既不死于三一八的请愿，又不死于联军的炸弹，更无负罪赤化枪决于天桥；尚能挥毫狂谈，真是万幸，并不是为了自己，是为了我的老母和年达古

194

稀的老父。今年回去，乘凉时又有我谈故事的资料了，人生这样也有意思，惊风骇浪虎口余生的人，的确比一生平安的人好些。我近来忙煞！忙碌对我虽剥夺了我许多兴趣的自由，然亦减少了我不少的无聊的烦闷。一个成了机械的人，是有福的人。

我欢迎你由故乡来的使者！

心情的践踏

——遗稿之七

　　像我们这样玩，这样吃，真是上帝的幸福儿女，我已感到了满足。公园宫门下你对着斜阳说了的话自然尚能忆起，我很受你那句话的感动。寒风刮来直透我的皮肤，然而我始终未表示，怕破坏了你那刹那间的幻梦！我愿博你的笑颜，强咽着我自己的悲哀！

　　心情像一匹骏马，我无力羁束它时，它被意志便践踏了一切。今晚筵上我几次咽下去的泪，便是这莫名其妙的神思之颤动！朋友，你让我怎样告诉你，你怨我对你"不诚"的话是误会了我了！

　　清今天算是还高兴吧！她对你信并无何惊奇之处，望你放心好了。

　　淡淡的光下，能看见模糊的双影。慢慢走着合拍的步伐向那盏路灯时，双影又变成一团黑影。那刹那的影，便是在这人间偶然映演下的梦，这梦，是能令上帝微笑的！然而我呢？却深深地在黑暗的夜里忏悔，忏悔什么，朋友，你自然不必知道。

　　一路我都无语，几次想说话不知说什么好，你也是这样吧？不必

196

说了，朋友！人间有许多神秘奇迹是不能用言语文字代表的，只可任神思去颤动。那么，朋友，我们又何必用人间的言语，惊破这天上的好梦！

不知为何，我好像遗失了什么一样。后来才想到原来清末回西城来，你该笑我吧！祝你今天的快乐！

我由梦中醒来，我还依稀记着我的梦。我在一个树林里，寻不见你们了，我正在焦急烦躁时，有一缕琴声送来，我去缘着琴声（找），忽然看见一女郎，穿着一套缟素衣裳，弹着一个长方形的琴，向前走着。我没有和她说话，也默默低了头随着她走着，心里似乎什么都没有了，也没有过去，也没有未来，我沉醉在她的弦上！

醒来，窗外映的雪清亮极了，昨夜的炉火还未熄，小丫头进来拿给我你的信。我在枕上被里，睁着惺忪的睡眼读着，我感到了温暖。朋友！你给予我的同情每次都令我惊讶！为了你改正了我许多厌世愤激的观念，诅咒人类冷酷无情的观念，我才知道我自己未逢见遇到的东西不能归咎宇宙并未曾有！朋友！我接受了你给与我的热情和安慰，我报以你欢喜中流出的眼泪，好不好？

一路来学校时的雪景，真美丽！我忽然想着逢见你，哪知未曾。今天又想去陶然亭了，可惜清去了东城。《涛语》又有了文章了，为了今天的雪，你猜我写什么呢？

本来想这封信要写得很长的，哪知一提笔什么都跑了，怎好？

我永远没有明天

——遗稿之八

今夜失望了，案头你没有我的信？

我的泪才不珍贵呢，不过，近来在人前掉得不容易，昨夜算是我失败了。为了衣襟上一颗泪珠，你那样珍视、惊讶，我真羞悔真不该在你面前捺不住悲哀，重伤你的心！朋友！你原谅我！

清真可怜！那副青白的脸、深陷的眼真怕人！假使她要不测，我的此后的生命也日陷悲寂，大概连目下这样环境都要追慕成好梦的！

现在我们忠诚地说，你认识我，都为了萍，为了清，然而我们是多么无力帮助成全他们，反而在我们眼底看着清日陷痛苦。你想，朋友，这是怎样难堪的事！我每次想到都要垂泪的！我简直恍如身受，好几天失眠了，一闭眼我便想起清的愁苦。

静夜我常想，想到我和你。假使朋友，你早几年认识我，一定是要给你无限的喜欢；现在呢，朋友，我给与你的都是悲哀！虽然有时你或许认为是欢慰，然而我心深处是正在极悲哀地哭泣！不过，朋友，你屡次愿意为我担受悲哀，那么，朋友，我也忍心把自己的悲哀，流到你心里。朋友，你真愿你的天真幸福的心，浸在辛酸的悲哀吗？

今天你看了天辛的遗书，你为什么要说那些话，都是你要说的？我不要你看它的原故，因为在那里面我是一个值得诅咒的女子，我是万分地对不住他，我是万分地欺凌他，我的罪恶自然不愿献给人们，所以我不愿你看完它，因为不知道我的人，是要误解我的。我和你做朋友，自然是比什么朋友都亲热，我不愿在你面前表现我的罪恶，虽然已是表彰了许多。我愿有一天你能看完它，而且我死以后，我要请人把它出版，内容自然不亚于《少年维特的烦恼》。我所以不给他付印的原故，也是我不愿表扬我的罪恶尚在我生存的时候。

我今天倦极了，头也有点疼，不写下去了。你看见我信时，或许这天不见面的。到如今，朋友，我还是过一天说一天，永远没有明天。

我祝我朋友有甜梦来临！

浅浅的伤痕

——遗稿之九

我现在已好了，也不抖颤，也不心跳了！因为梦已惊醒了。不管它吧，是悲哀，是欣喜，刹那间已逝去了。不过朋友，盼望你不要追忆它，追忆它时你或者还感到悲哀的，是不是？

有人来告诉我某校体育主任请我去当教授，原来是个骗局。你看笑话不笑话？也可见社会上的黑幕，人心的鬼蜮了！这事幸好我完全是被动的，而且我也愿意，因为他们皆愿我去，我才勉强去陪小姐们玩，哪里想到是骗我！告我时我只笑了笑，我说本来就未曾愿去的，我回答他是："你们如请不着教员时，我可以去代几天的。"

这事是小事，不过我忽然想到萍来，真像萍对清始求而终弃之，原来世间竟多此等事。何足介意呢！朋友，你看见一定生气吧！今天下午开校务会，他们都在会上，提出来才知是 L 女士，他们都气了，幸好未发作，不然倒与我脸上不大好哩！我已劝他们息气，我们不和那般无耻人争斗，我一生是宁人负我，我不负人。

今夜本想不写信给你，但这事我又愿你知道，所以又提笔了。我今天还未记日记，不过自从她离开我二天二夜后，我这次看见她，总觉她变了。怎样变自然是说不出的。

我不知你今天回去是迷惘还是晕醉！你今天酒虽未多喝，不过我知道你是醉了！醉了姊姊给你斟满的酒杯！愿你清醒吧！愿你清醒吧！那不是琼浆，那是毒汁，朋友，你仔细地尝，你仔细地尝！那是毒汁，那不是琼浆！

今天在你日记里发现了她对你说"梅不谅我"的话，不知此语何指？当时我很伤心！我觉我不说以前，就这几个月中我是绞尽脑汁、费尽心机来安慰她劝解她，我若不能谅她，我何能如此？然而结果呢，只博得这几字来给我，我自然要难过！我是不要令人知道我的，不过我也还奢望着人能了解我心，这样，我还说什么呢？今天一天我如浸入冰窑，我感到了冷寞。所以我今天在火炉畔才那样晕厥似的兴奋，抖颤似的寒战，都是我觉四周空气太令我不安了。不知你觉到没有？你觉到没有我那时心深处的低泣！

朋友！一切我都能承受。刀剑箭簇都可以，总之，有一颗千疮百洞的心承受它们。

我处世接物以来，像骗我当教授这还是第一次，大概也是我"浅浅的伤痕"吧！

清现不需要我安慰她，我也又回到清静平淡的生活了。所以旧日的悲绪又侵袭来抱绕着我，我这两天感到极度的悲哀。我忽然想母亲，想故乡，想到爱我的辛。我愿一切朋友都拒绝了，我整个孤独的生活。

星期五我们再给清过生日吧。这两天中我们回复到往日的沉默吧！我愿追寻我自己的梦去。

朋友，祝你好梦正酣！

触目的痛创

——遗稿之十

我已料到我们最近不能见面了，从前我只是盼你来信，这几天我只怕看你的来信，我每次拿到你信都要抖颤心跳和感到凄楚！我幻梦着的一个悲哀点的结果似乎已临到了。你不能不承认吧，像我们这几天的心境和际遇。你也许能知道我这几天不能见清和你的寂寞，好像有了深沟限隔住，我真是欲哭无泪了！

今晨去看清，彼此换上笑脸没有说几句话后我便走了。我本想再去，看她无语中的拒绝我，我不愿去扰她了，我一直在白屋中呆坐到二时半，我才昏迷地回到家里。换了衣裳后，我又昏迷地去了 P 小姐处，她那里是金迷纸醉的环境，电灯下几个小姐在打牌，我连看都不看；我在她写字台边拿一张白纸写字，我一张纸上写遍了小鹿和你的名字，我撕了又写，我幻想着清在北馆低泣的情景，你在家中藤椅上呆坐的情景。我又想到前星期斜阳照着一角碧纱，和踏月归来种种旧梦都来了。朋友！如今，我是旧梦加上新梦，旧泪痕上加上新泪痕！

我这样孤清的生活，也是我不愿而环境偏要我如此的，你教我如何快乐、如何高兴呢？朋友！我连哭都无泪了。我们万想不到会有今日的。

吃完饭谈谈话我九时返家，冷月高悬在天空中照着我的只影，我冷森凄清地把眼闭上，回到家便由门房的手中接过你的信，我咽着泪读你洒满凄愁的信，我真要晕厥了！

经过这次后，怕往日的梦不能再现了，朋友！我真怕你的希望要成灰呢！朋友！你不要难过！我们听自然去摆布好了，我也希望清目下的心境是一种变态，她将来会好的。我真怨萍！他假如知道多少人为她如斯，为他如斯，他要有人心真该痛哭！然而在现在说到简直是梦呓。

关乎清，我忽然怕她这样拒绝我们后更要有神经过敏的意外举动，如果那样又怎好，我们将来遗憾后悔可有点来不及。我真怕！我们去包围她，她逃避；我们不去，又怕她出意外。"怎么好？朋友！"我抖颤地问你，"怎么好？"

看这信时大概《歌场魅影》你已看完了，看时我猜你一定想到我和清的，你一定要更感悲哀吧！假使你不和我们相识而且这样熟惯了，那么你对于清这件事只是一种想象的同情和悲愤，一定没有这样触目的痛创给你。说到这里，我真觉得我和清对不住你——天真烂漫幸福的你。

你想，我是在悲哀中逃出来的人，如今又令我受这身受的痛苦，我怎能忍受！清更如何能忍受？！

朋友！我也愿在你面前痛哭一场，真的，哭时最好去陶然亭，那个地方是适宜于哭的——我和清曾在那里痛哭过一次。好不好？哪天去，哭了或者心头要松快点。

关于教授一事，我今天下午去问问那个介绍人。

我明天下午在校赛球，完事后即返家，希望能看你信。后天呢，我不知去哪里好，想去看清；不然我去 L 君处，不过那里我去了，只有把我心情更弄坏点。所以我也不想去，在家里看着书写点文章也好。愿你快乐！